北京外国语大学"双一流"建设项目成果　项目批准号：2021SYLZD009
当代东方翻译理论学术著作译丛

中国翻译文学域外之旅

马会娟　著

中国出版集团
中译出版社

图书在版编目（CIP）数据

中国翻译文学域外之旅 / 马会娟著. --北京：中译出版社，2022.6
ISBN 978-7-5001-7074-7

Ⅰ.①中⋯ Ⅱ.①马⋯ Ⅲ.①中国文学-文学翻译-研究 Ⅳ.①I046②I206

中国版本图书馆 CIP 数据核字（2022）第 082513 号

出版发行 / 中译出版社
地　　址 / 北京市西城区新街口外大街 28 号普天德胜大厦主楼 4 层
电　　话 / (010) 68359827，68359303（发行部）；68359725（编辑部）
邮　　编 / 100044
传　　真 / (010) 68357870
电子邮箱 / book@ctph.com.cn
网　　址 / http://www.ctph.com.cn

责任编辑 / 刘瑞莲
封面设计 / 潘　峰
排　　版 / 北京竹页文化传媒有限公司
印　　刷 / 北京玺诚印务有限公司
经　　销 / 新华书店

规　　格 / 710毫米×1000毫米　1/16
印　　张 / 10.25
字　　数 / 158千字
版　　次 / 2022年6月第一版
印　　次 / 2022年6月第一次

ISBN 978-7-5001-7074-7　定价：59.00元

版权所有　侵权必究
中　译　出　版　社

中译翻译文库
编 委 会

顾　　问（以姓氏拼音为序）
John Michael Minford（英国著名汉学家、文学翻译家、《红楼梦》英译者）
黄友义（中国外文局）　　　　　　　尹承东（中共中央编译局）

主任编委（以姓氏拼音为序）
Andrew C. Dawrant（AIIC 会员，上海外国语大学）　柴明颎（上海外国语大学）
陈宏薇（华中师范大学）　　　　　戴惠萍（AIIC 会员，上海外国语大学）
方梦之（《上海翻译》）　　　　　　冯庆华（上海外国语大学）
辜正坤（北京大学）　　　　　　　郭建中（浙江大学）
黄忠廉（黑龙江大学）　　　　　　李亚舒（《中国科技翻译》）
刘和平（北京语言大学）　　　　　刘士聪（南开大学）
刘永淳（中译出版社）　　　　　　吕和发（北京第二外国语学院）
罗选民（清华大学）　　　　　　　梅德明（上海外国语大学）
穆　雷（广东外语外贸大学）　　　乔卫兵（中译出版社）
谭载喜（香港浸会大学）　　　　　王恩冕（对外经济贸易大学）
王继辉（北京大学）　　　　　　　王立弟（北京外国语大学）
吴　青（北京外国语大学）　　　　谢天振（上海外国语大学）
许　钧（南京大学）　　　　　　　杨　平（《中国翻译》）
仲伟合（广东外语外贸大学）

编委委员（以姓氏拼音为序）
Daniel Gile（AIIC 会员，巴黎高等翻译学校）　蔡新乐（南京大学）
陈　刚（浙江大学）　　　　　　　陈　菁（厦门大学）
陈德鸿（香港岭南大学）　　　　　陈　琳（同济大学）
傅勇林（西南交通大学）　　　　　傅敬民（上海大学）
高　伟（四川外国语大学）　　　　顾铁军（中国传媒大学）
郭著章（武汉大学）　　　　　　　何其莘（中国人民大学）
胡开宝（上海交通大学）　　　　　黄杨勋（福州大学）
贾文波（中南大学）　　　　　　　江　红（AIIC 会员，香港理工大学）
焦鹏帅（西南民族大学）　　　　　金圣华（香港中文大学）
柯　平（南京大学）　　　　　　　李均洋（首都师范大学）
李正栓（河北师范大学）　　　　　廖七一（四川外国语大学）
林超伦（英国 KL 传播有限公司）　林大津（福建师范大学）
林克难（天津外国语大学）　　　　刘树森（北京大学）

吕　俊（南京师范大学）　　　　　　马会娟（北京外国语大学）
马士奎（中央民族大学）　　　　　　门顺德（大连外国语大学）
孟凡君（西南大学）　　　　　　　　牛云平（河北大学）
潘文国（华东师范大学）　　　　　　潘志高（解放军外国语大学）
彭　萍（北京外国语大学）　　　　　彭发胜（合肥工业大学）
秦潞山（AIIC会员，Chin Communications）　屈文生（华东政法大学）
任　文（四川大学）　　　　　　　　邵　炜（AIIC会员，北京外国语大学）
申　丹（北京大学）　　　　　　　　石　坚（四川大学）
石平萍（解放军外国语大学）　　　　宋亚菲（广西大学）
孙会军（上海外国语大学）　　　　　孙迎春（山东大学）
陶丽霞（四川外国语大学）　　　　　王　宏（苏州大学）
王建国（华东理工大学）　　　　　　王　宁（清华大学）
王克非（北京外国语大学）　　　　　王振华（河南大学）
文　军（北京航空航天大学）　　　　文　旭（西南大学）
温建平（上海对外经贸大学）　　　　肖维青（上海外国语大学）
闫素伟（国际关系学院）　　　　　　杨　柳（南京大学）
杨全红（四川外国语大学）　　　　　姚桂桂（江汉大学）
张春柏（华东师范大学）　　　　　　张德禄（山东大学、同济大学）
张美芳（澳门大学）　　　　　　　　张其帆（AIIC会员，香港理工大学）
张秀仿（河北工程大学）　　　　　　章　艳（上海外国语大学）
赵　刚（华东师范大学）　　　　　　郑海凌（北京师范大学）
朱纯深（香港城市大学）　　　　　　朱振武（上海师范大学）

特约编审（以姓氏拼音为序）
Andrew C. Dawrant（AIIC会员，上海外国语大学）　柴明颎（上海外国语大学）
戴惠萍（AIIC会员，上海外国语大学）　　　　　　冯庆华（上海外国语大学）
高　伟（四川外国语大学）　　　　　胡安江（四川外国语大学）
黄国文（中山大学）　　　　　　　　黄忠廉（黑龙江大学）
李长栓（北京外国语大学）　　　　　李凌鸿（重庆法语联盟）
李亚舒（《中国科技翻译》）　　　　刘军平（武汉大学）
罗新璋（中国社会科学院）　　　　　梅德明（上海外国语大学）
孟凡君（西南大学）　　　　　　　　苗　菊（南开大学）
屠国元（中南大学）　　　　　　　　王东风（中山大学）
王立弟（北京外国语大学）　　　　　王明树（四川外国语大学）
谢天振（上海外国语大学）　　　　　徐　珺（对外经济贸易大学）
杨　平（《中国翻译》）　　　　　　杨全红（四川外国语大学）
杨士焯（厦门大学）　　　　　　　　杨晓荣（《外语研究》）
俞利军（对外经济贸易大学）　　　　张　健（上海外国语大学）
张　鹏（四川外国语大学）　　　　　赵学文（吉林大学）
祝朝伟（四川外国语大学）

目 录

艾克敦对中国文学的译介 　　　　　　　　　　1
熊式一英伦译写京剧《王宝川》 　　　　　　　15
林语堂译《浮生六记》中的信息缺失 　　　　　31
艾黎英译李白诗歌 　　　　　　　　　　　　　45
霍克思翻译《红楼梦》的理念践行 　　　　　　63
基于《笔记》的霍译《红楼梦》翻译过程研究 　83
基于《笔记》的霍译《红楼梦》酒令的翻译研究 100
张爱玲、孔慧怡英译《海上花列传》 　　　　　118
陶忘机英译乡土小说《到黑夜想你没办法》 　　136
中国文学应该由谁来译 　　　　　　　　　　　152

后记 　　　　　　　　　　　　　　　　　　　158

艾克敦对中国文学的译介

1. 引言

哈洛德·艾克敦爵士（Sir Harold Mario Mitchell Acton, 1904—1994），作家、历史学家、诗人，出身于意大利佛罗伦萨贵族世家，英国伊顿中学读书期间在《伊顿蜡烛》杂志（*Eton Candle*）杂志发表有 11 首诗歌，少有才名。在牛津大学一年级时出版了《水族馆》诗集（*Aquarium*, 1923），创办了《牛津扫帚》文学杂志（*The Oxford Broom*），成为一代学生领袖。他还曾因在牛津教堂学院书房的窗边拿着扩音器对路过者大声朗诵托马斯·斯特尔那斯·艾略特（Thomas Stearns Eliot）的诗歌《荒原》名噪一时。艾克敦一生以"唯美主义者"自居，著译颇丰，包括四部诗集在内的各种作品多达 40 余种。

艾克敦曾于 20 世纪 30 年代在北京居住过七年。他在中国的经历主要记录在他的回忆录《一个爱美家的回忆》（*Memoirs of an Aesthete*）中。为躲避二战前琐碎烦闷的欧洲生活，艾克敦在 1932 年踏上了前往北京的寻梦之旅，在这里他感觉"如鱼得水""找回了自我"（Acton, 1948: 323），就此安顿下来。在艾克敦看来，他租住的北河沿附近弓弦胡同的一处四合院就是他的"情人"，是他的精神家园（1948: 379, 395）。他在北大任教，与中国的京剧演员交往，阅读儒家经典，研究道家思想，最后成为佛教信徒。康有为之女康同璧曾特意为艾克敦作了一幅罗汉打坐图称赞他"学贯西东"。多年中国文化的浸润把艾克敦几乎变成了一个中国人："(他)说话像中国人,走路像中国人,眼角也开始像中国人一样往上挑"(1948：380),直到多年以后他待人接物依旧是典型的东方样式(Chaney & Ritchie, 1985: 34)。艾克敦把自己视为"向西方介绍中国的媒介和工具",发表有广受西方学界赞誉的中国戏剧、文学作品的译作,他的梦想之一就是"希望自己能为英语世界呈现全部中国文学藏书"(1948：363, 365)。萧乾称他为"热爱中国和中国文化的人",在中西方之间起到了"穿针引线"的作用(2005：817)。其主要翻译作品有 *Modern Chinese Poetry*(《中国现代诗选》,1936)、*Famous Chinese Plays*(《戏剧之精华》,1937)、*Glue and Lacquer: Four Cautionary Tales*(《胶与漆：警世故事》,1941)以及 *The Peach Blossom Fan*(《桃花扇》,1976),此外还有散篇作品以及新发现的多部戏曲翻译遗稿和其他译作,译作数量与质量在20世纪30年代非常突出。艾克敦与多位中国译者合作的翻译作品语言优美,在国外图书馆有着大量馆藏,受到众多读者的欢迎和喜爱,研究其翻译策略与方法对于当前中国文化"走出去"有着非常重要的启示。以下是我们结合相关评论,对其主要译作以及新发现的作品予以介绍。

2.《中国现代诗选》的翻译

《中国现代诗选》是艾克敦和当时在北京大学读书的学生陈世骧合作完成的,1936年由伦敦达克沃思出版社(Duckworth)出版。这也是中国新诗英译的开山之作,当时新诗诞生不足20年,选编有相当大的难度。这个选本共选了陈梦家、周作人、废名、何其芳、徐志摩、郭沫若、李广田、林庚、卞之琳、邵洵美、沈从文、孙大雨、戴望舒、闻一多、俞平伯15位诗人共计96篇作品,基本反映了当时新诗的整体面貌,对于研究中国现代诗歌翻译具有重要的参考价值。

在诗选的引言中,艾克敦对中国新诗的发展进行了回顾与展望,阐明了他对新诗与旧诗关系的看法。艾克敦指出:就像18世纪的欧洲一样,中国的诗歌长期以来深受烦琐的规则束缚,从占尽压倒性优势并且深具魅力的传统中脱身并不容易。从胡适的《尝试集》到冰心的《繁星》《春水》,

多数诗人骨子里依然可见传统的影响。艾克敦把徐志摩称为东方的鲁伯特·布鲁克（Rupert Brooke），认为通常远离激情的中国传统诗歌没有先例能帮这位"爱情诗人"把情感成功地表现出来。关于新诗的发展，艾克敦预见戴望舒、卞之琳、何其芳对古典意象的加工的自由诗体会成为海峡两岸新诗的基本模式。他认为：

> 虽然西方人无法预言未来中国诗歌必须沿着什么样的路线前进，但显而易见的是，中国诗歌应该保持历史感。除了欧洲的影响以外，中国过去时代一些著名诗人的影响，经过"充分提炼和提纯"后，对现代诗歌的风格必将有所贡献。年轻一代的诗人已经明白了这一点，他们正在丰富自己的词汇，并且已经获取了一种新的视角。（Acton & Ch'en, 1936: viii）

虽然本书是与陈世骧合作完成的，艾克敦依然坚持了自己的判断。他选择了当时并不十分有名的林庚的19首诗歌，在文后对林庚的诗歌观点的介绍也最为详尽。一方面，知名的诗歌赞助人、《芝加哥诗歌》（*Chicago Poetry*）杂志主编哈里叶特·梦露（Harriet Monroe）发表过林庚的作品，艾克敦相信前者的眼光。另一方面，这也与艾克敦对中国新诗的独特认知有关系。在艾克敦看来，尽管是用自由体和白话写作，林庚的诗歌仍具有古典诗歌的诸多特质，其诗歌灵感来自一种更为强大的源泉，该种源泉远比《新青年》杂志的诗人们在欧洲和上海匆忙孵化催育新生力量的源泉更为强大。尽管林庚的诗歌题材狭窄，无外乎冬晨、破晓、晨雾、夏雨、春天的乡村，但"他的直觉来自先辈，但他驾驭的那条小船漆色是光鲜的"，其诗歌取得的效果与陈梦家的《白俄老人》或闻一多的《夜歌》相比"更具原创性"（Acton & Ch'en, 同上：XII）。

在前言中艾克敦还指出了现代诗歌翻译中的困难。作为诗人，艾克敦在翻译中力图传达出原文的诗意（Wilhelm, 1936）。艾克敦指出，表面看起来，现代诗歌语法上更接近欧洲语言，比讲求格律的唐诗宋词似乎更容易翻译，但实际上白话诗歌的自由与可拓展性使得诗歌的翻译之路布满了荆棘。比如，卞之琳的《还乡》"眼底下／绿带子／不断的／抽过去"一句

3

旨在模拟火车摇晃前行的节奏,采用了蒙太奇的手法来反映诗人意识的流动,在英译中却很容易失去该种音响效果。徐志摩的《深夜》和《渺小》这两首诗歌原文仅有 8 行①,诗歌的音乐性以及意象运用游刃有余,多个单音节词运用精练,形成了一种奇妙的和谐,用最简单的手段取得了神奇的效果,在翻译中这种效果出现了偏离。戴望舒的印象主义诗歌《款步》翻译也出现了诗味不足的情况:原文从外部环境描写转到人物内心,微妙的移觉表现手法很难用简练的英语表达。此外,译诗中如何处理"枫树"意象也成了很大的问题:译成具有中国"本地色彩"的 Feng tree 会让英语读者费解这究竟是怎样的一种树,而以读者熟悉的法国梧桐(plane)或枫糖树(maple)替代就会导致失去汉语语境下该意象的独特个性,译作冗长的专业术语 Liquidambar Formosana(枫香树)则很可能会被指责为卖弄。

3.《戏剧之精华》的翻译

艾克敦所在的 20 世纪 30 年代,正是中国京剧的鼎盛时期,艾克敦常常流连于北京前门的戏院,沉迷于中国戏曲之中。在北京生活了几年,艾克敦几乎成了一个本地人,戏院喧锣闹钹对他来说是一种不可少的"甜蜜的精神安慰",在闷热的日子只有这种音乐才能恢复"心灵的安宁"。而西方音乐在他听来"已像挽歌一样不提气"(Acton, 1948: 293)。在艾克敦看来,中国传统戏剧不亚于意大利的情景剧(Commedia dell'Arte)和英国戏剧黄金时期伊丽莎白时代的戏剧,堪称典范:

> 中国戏院提供了(我)心中一直追求的理想的综合艺术样式,在欧洲只有俄国芭蕾才能与此媲美,它是宾白、演唱、舞蹈和杂技在内各项技艺的完美结合。服装、化妆以及动作之优美,哑剧部分之精妙,即使一个人不懂剧情,对音乐丝毫也不能领会,其表演依然让人为之心醉(1948: 355)。

---

① 《深夜》原载 1929 年 1 月 10 日《新月》第 1 卷 11 期,后收入《猛虎集》。《渺小》原载于 1931 年 1 月 10 日《新月》第 3 卷 10 期,后收入《猛虎集》。

对于戏曲的热爱使得他与阿林敦（L. C. Arlington）在1937年合译了《（中国）戏剧之精华》（*Famous Chinese Plays*）。收录有《战宛城》《长坂坡》《击鼓骂曹》《奇双会》《妻党同恶报》《金锁记》《庆顶珠》《九更天》《捉放曹》《珠帘寨》《朱砂痣》《状元谱》《群英会》《法门寺》《汾河湾》《蝴蝶梦》《黄鹤楼》《虹霓关》《一捧雪》《雪杯圆》《牧羊圈》《尼姑思凡》《宝莲灯》《碧玉簪》《打城隍》《貂蝉》《天河配》《翠屏山》《铜网阵》《王华买父》《五花洞》《御碑亭》《玉堂春》等33部戏曲剧本的英译及故事梗概。有些戏曲后面还附有注释，谈到了艾克敦作为外国人看戏的感受。

《戏剧之精华》为艾克敦赢得了声誉。姚莘农（1937）在《天下》杂志发表书评，盛赞艾克敦的该项文学成就。他指出，在梅兰芳访问美、俄以及熊式一的《王宝川》在伦敦大受好评后，中国戏曲在西方日炙。而跨越与西方戏剧舞台概念如此遥远的中国戏曲舞台，使观众了解"像谜一样的"戏文，翻译就成为一项非常必要的工作。但翻译中国戏曲需要有足够的耐心以及对中国戏曲舞台技巧的透彻了解，很少有人适合从事这项工作。阿林敦对中国戏剧的熟悉足以保障翻译的质量，艾克敦作为诗人的敏感则传达出了汉语的含蓄和微妙之美。整个翻译不拘于字面对应，删除了过于冗余繁复的皮黄腔的唱段，着眼于神似，译文读来通顺、令人愉悦。不足之处是译文把弋阳腔和海盐腔分别当成了捉鸟曲和船歌，把属于吹腔的《奇双会》当作了昆曲曲目。夏尔若克（Shryock, 1937）也发表评论认为，阿林敦可能比当时任何活着的西方人都懂中国戏曲，该译本为读者提供了非常丰富的戏曲知识，是非常好的普及材料。汉学家白之（Cyril Birch）则记录了该书受学界欢迎的程度，提到该译本在加州伯克利大学图书馆的藏书每一页都被读者翻旧了，并且被重新装订过（Chaney & Ritchie, 1985: 41）。

4.《胶与漆》的翻译

艾克敦与李宜燮合译了冯梦龙的《醒世恒言》中的四个故事：《赫大卿遗恨鸳鸯绦》《陈多寿生死夫妻》《吴衙内邻舟赴约》《刘小官雌雄兄弟》，

1941 年由金鸡出版社（Golden Cockerel）出版社以《胶与漆：警世故事》的名字限量出版，这四个故事都是首次被翻译成英文。战时条件有限，此书只印了三十册，但其装帧非常考究，仿摩洛哥羊皮革封面，印刷采用了珂罗版，艾瑞克·吉尔（Eric Gill）专门制作了相关插图，使之成为收藏珍品。该书于 1948 年由威恩公司（英国公司 A. A. Wyn）公司再版。艾克敦好友、知名汉学家亚瑟·韦利（Arthur Waley）为之作序，在序言中韦利将《赫大卿遗恨鸳鸯绦》的故事主题与薄伽丘的《十日谈》进行了对比，认为前者故事的复杂程度、诗意渲染、优雅程度都远在后者之上（Acton, 1948: XI）。

艾克敦的好友安东尼·兰伯特伯爵（Anthony Lambton）伯爵认为 1941 年限量出版的《胶与漆：警世故事》在很大程度上因为发行量的关系不为人熟知，但这部作品的翻译非常出色：

> 很难相信这些精美的翻译是出自一个英国人之手，非与中国人气质性情相融者不能为此佳译。艾克敦的历史著作将两个西西里王国的精神禀赋加以再现，本部作品的翻译可谓如出一辙。很少有人既可把意大利的过往时代活灵活现地呈现在我们面前，同时又有本领把异域文明的中国艺术珍品译为英文且不失其精妙。译作可谓非凡，一如艾克敦其人（Chaney & Ritchie, 1985: 36）。

此番评论并非溢美之词。艾克敦在翻译中没有对原文亦步亦趋，而是考虑了译文的可接受性，对相应译文做了某些调整，这使得他的译文具有很高的可读性。我们以《赫大卿遗恨鸳鸯绦》为例来探讨其翻译特色。

重新整合，适当省略或改译

三言属于话本小说，夹叙夹议，适时穿插说书人的评论和韵文诗，这种叙事方式对于西方读者来说却是陌生的。艾克敦清楚地认识到了这一点，他认为：

> 传统中国小说作家的作品被不恰当的引语、典故、议论和诗节弄

得笨重不堪,……经过压缩或许会大为改观(Acton, 1946: 122)。

在翻译中,艾克敦对原文段落予以重新组合,对于插话多有省略,减轻了对英语读者的干扰。对于原文的韵文诗歌也做了省略处理,比如赫大卿在非空庵喝茶时的茶诗:

玉蕊旗枪称绝品,僧家造法极工夫。
兔毛瓯浅香云白,虾眼汤翻细浪休。
断送睡魔离几席,增添清气入肌肤。
幽丛自落溪岩外,不肯移根入上都。

艾克敦只是以 Ta-chi'ing raised the cup to his lips: its aroma was delicious 轻轻带过,以使行文更加紧凑。当然,对于插话和评论艾克敦不是一概予以省略不译,白之就认为艾克敦的有关"再创作式翻译"有时颇能引人入胜,读来令人酣畅淋漓(Chaney & Ritchie, 1985: 40)。以艾克敦说书人对赫大卿因色丧命的译论为例:

例1

贪花的,这一番你走错了路。千不合,万不合,不该缠那小尼姑。小尼姑是真色鬼,怕你缠他不过。头皮儿都擂光了,连性命也呜呼!埋在寂寞的荒园,这也是贪花的结果。

He dallied daily with the flowers, (a)
With little nuns misspent his hour (a)
And wretched them on a convent reef. (b)
Those nuns were lusty succubae, (c)
Too strong for any debauchee; (c)
Alack, he quickly came to grief! (b)
He lost his hair through amorous strife, (d)
And finally he lost his life. (d)
O ponder, ye that flowers crave, (e)

7

Upon his solitary <u>grave</u>! (e)

原文总体不押韵,而英文打油诗译文句句押韵,读来令人兴趣盎然,滑稽诙谐,效果比原文毫不逊色。

直接引语变为间接引语
译文还把文中的某些对话略写成间接引语,使行文更富有变化,同时也加快了故事的叙事节奏。例如:

例 2

大卿向佛作了揖,对女童道:"<u>烦报令师,说有客相访</u>。"女童道:"相公请坐,待我进去传说。"

Tach'ing paid homage to these [gilt images] and <u>asked</u> the maid to announce him to the Abbess. She <u>invited</u> him to sit down, and shortly after a youthful nun appeared.

形象化语言的翻译
艾克敦本人是作家,他在翻译中注意了形象化语言的运用,为译文增色不少。例如:

例 3

教起两个香公,将酒饭与他吃饱,点起<u>灯烛</u>,到后园一株<u>大柏树</u>旁边,用铁锹掘了个大穴,倾入石灰……

The servants, who had all been bribed with plenty of meat and wine, now <u>threaded</u> their way to the back garden by the light of <u>flickering torches</u> and dug a deep pit beside a <u>spreading</u> cypress.

这里的灯烛摇曳、柏树参天、仆人穿梭往来等形象化语言都是艾克敦加入的。再比如:

例 4

  方待转身，见那老头探头探脑，晃来晃去，情知是个细作……
  They were about to withdraw when they noticed the messenger with his neck craned forward. Thinking he was a spy, ...

以"crane"译来者的探头探脑，使得人物形象栩栩如生。

意象的归化

在翻译时，译文也不再突出典型文化特色的术语，而是采用了英语读者容易理解的意象，比如把"睡至巳牌时分"译为"in a soothing sleep which lasted till breakfast time"。而下文对于描写大卿见到姿色出众的空照不能自拔时"糍粑"意象也代之以西方读者熟悉的"从铁匠炉刚出炉的铁锨"：

例 5

  却像初出锅的糍粑，软做一塌，头也伸不起来。
  Even as he bowed, like a spade newly drawn from the furnace, he could scarcely lift his head.

由以上的译例来看，艾克敦的这些调整做法增加了译文的可读性，提高了目的语读者的阅读兴趣。

5.《桃花扇》的翻译

艾克敦对于昆曲也同样热爱。他认为"博学文雅的昆曲，以曲笛伴奏，以温和的低小调演奏，感情细腻，达到了罕见高雅的地步，编舞优美，每个姿势都自成一首诗"。(1948：357) 由于不能再回到北京，艾克敦在 1948 年找到在加州的陈世骧，约定两人共同翻译明清传奇的压卷之作《桃花扇》，对心中故园进行一次"心灵回归之旅"。两人当时在夏天合作译出了三十五出，自此手稿一直在陈世骧在加州的寓所六松斋，直到近三十年后陈世骧的同事白之补足后七回后才最终于 1976 年出版。

作为第一部完整翻译南戏的著作，《桃花扇》英译本的出版引起了较大反响，对于该译本有多家评论。英属哥伦比亚大学沃尔斯（Walls）认为：

> 《桃花扇》的这个英译本是一个杰出的翻译。说话的段落、唱曲以及诗歌翻译得非常优雅，语言地道自然。为了达到艺术上的美感（该作品值得高声唱读），同原文相比，英译有些地方做了一些斟酌取舍。这本书理应成为将来中国戏曲或者类似韵文英译的标杆（Walls, 1976）。

葛浩文认为，《桃花扇》英译本的出现改变了英语读者接触到的戏文曲目有限这一现实。翻译总体生动、可读、忠实原文，成功地译出了"从非常晦涩难解、高度讲究甚至押韵的戏文到仆人和歌女所用俗语在内的多种语言风格的变化"（Goldblatt, 1976）。

但可能源于当时翻译进展过快的原因，《桃花扇》英译本存在对原文理解有所欠缺的地方。耶鲁大学斯特拉斯博格（Strassberg, 1977）在指出该英译本的重要意义的同时也指出译文存在一些问题：

> 在过去的两个世纪之中，中国普通文学开始被译介到西方，但主要是小说翻译，戏曲作品较为少见，而明戏虽然是戏剧发展的高峰，但因为其篇幅长、富于典故以及象征手法复杂，只有非常勇敢的读者才敢于尝试这一体裁。艾克敦翻译的《桃花扇》是全美出版的第一部完整的全译本，这是真正意义上的文学大事件。译者非常恰当地翻译出了孔尚任原著的典雅风格。译者采用了一种"可读性"的翻译策略，很有创意，并且不乏美感，但可能会招致一些学者型读者翻译过于自由的责难。例如，第二十三出中"榴裙裂破舞风腰，鸾靴蒴碎凌波鞡"两句，原句是"裂破榴裙舞风腰，蒴碎鸾靴凌波鞡"的倒装，指香君撕破舞裙，剪破舞靴，结束歌舞卖笑的生涯。而在翻译中变成了"因思念我的腰变细裙子变宽，舞靴也显大了，跳舞不再合脚"（**So loose**

my skirt it flaps about my waist; So tired my feet, their phoenix-patterned shoes/ Feel tossed upon the crests of boisterous waves. p.168）。不仅原文的名词性排比丢失了，与原文内容相比也有了很大的变动。译文另外一个不足就是注释与历史背景过少。

母语为汉语的评论家对于原文和译文的不一致处有着更多的感受。徐兆镛（C.Y. Hsu）指出，第十六出的"鼎湖弓剑无人葬"一句指崇祯皇帝煤山驾崩后无人埋葬而不是艾克敦译文中所言的"warriors（武士）"的尸首无人掩埋（Hsu, 1976）。刘绍铭（1999：77）也指出第一出中"院静厨寒睡起迟，秣陵人老看花时"一句，这里的"厨"是碧纱厨，以木为架，罩以绿纱，内可安放床位，用以避蚊蝇，而不是艾克敦译文"Hushed is the courtyard, cold the kitchen stove"所说的"厨房（kitchen）"。

6. 其他译介活动

除了以上发表的作品外，艾克敦还在一些杂志上发表过散篇作品。这包括在1939年4月号《天下月刊》（*Tien Hsia Monthly*）发表的《牡丹亭》节译本《春香闹学》，发表于该杂志1939年8月号的昆曲《狮吼记》，发表在1939年9月号的《林冲夜奔》。艾克敦与胡先骕（H. H. Hu）合译了9首苏轼的诗歌，发表在该杂志1939年2月号。他还为《牛津剧场指南》（*Oxford Companion To the Theatre*）一书撰写了中国戏曲的条目，对京剧行当、道具和舞台予以介绍（Hartnoll, 1951: 125-127）。此外，他还与颜毓蘅（Yen Yu-heng）合译过《镜花缘》。

尤为值得一提的是，他的手稿中发现了另外一部名剧选，这本因为战争爆发最终没有出版的戏曲集内容非常丰富，艾克敦按照表演风格将所有剧目分为文戏、武戏和杂戏三种。在文戏下面又做了西方悲剧和喜剧两种形式的区分，力图提供"统一下的多样化"（variety in uniformity），收录有《乌龙院》《马前泼水》《贞娥刺虎》《问樵闹府》《三娘教子》《打囚车》《徐母骂曹》《逍遥津》《宇宙锋》《铡美案》10部文戏，《狮吼记》《春香闹学》《打严嵩》《金雀记》《晴雯撕扇》《辛安驿》6部喜剧,《小过年》《双摇会》《探亲相骂》《打灶分家》4部家庭剧,《林冲夜奔》《贵妃醉酒》《小上坟》《打花鼓》4部歌舞剧,《安天会》《金钱豹》《挑滑车》《武松打虎》《狮子楼》《艳阳楼》《花蝴蝶》《八蜡庙》8部武戏,以及《霸王别姬》《白蛇传》《八大锤》《白门楼》《连环套》《丁甲山》6部杂戏。剧目要比《戏剧之精华》更有代表性。大部分皮黄戏在聆音馆主编、上海中央书店1937年出版的《戏典》中可以找到。昆曲则由韩世昌提供的文本译出,个别散见于开明书店1935年出版的汲古阁《六十种曲》。武生李万春提供了《武松打虎》和《花蝴蝶》的戏文。翻译时也参考北京随处可见的普通戏曲脚本。因为在艾克敦看来,尽管这些脚本有缺陷,但它们最接近即兴演出的舞台本,一定程度上补充了上海出版的《戏典》的不足。作品的翻译主要是在艾克敦的中文老师周逸民帮助下完成的,艾克敦在翻译中力图体现汉语的节奏和声音强弱。为了保证翻译的准确性,艾克敦还和颜毓蘅以及杨善全就排印的稿子进行了通读,后者还帮助艾克敦解决了一些理解上的疑点。胡先骕和张恩裕在注释和前言部分的写作中都给予艾克敦及时的帮助。为了得到合适的剧照,艾克敦还曾说服演员到自己的居所拍照或者在化妆棚里上场的间隙来拍照,同时也收录了少数较早时期的旧照。该作品的《导言》指出:

>　　源于对中国戏曲的吸引,对中国戏曲有着"难以自抑的热爱"(irrepressible addict)的艾克敦用了七年的时间来选取剧目,尽量多方面展示中国戏曲魅力的全貌。所选择戏曲皆为新译,是中国戏曲的地道精华。译文以无与伦比的精妙精确记录下中国戏曲对话的神韵,是戏曲翻译的标杆之作。

艾克敦还与胡先骕合作翻译了昆曲《长生殿》,直到今天尚未有其他外国译者尝试这部作品。该翻译残稿前言除了收录了徐麟和舒凫所作的序言以及洪昇的自序以外,艾克敦还以40页的篇幅阐述了中国戏曲的发展历史,介绍了有关《长生殿》的历史事实和传说。新发现的手稿中另外有周作人《北平之春》、萧红的《失眠之夜》以及S. M.《三等射手》在内的

19篇译文。

7. 结束语

艾克敦在其小说《牡丹与马驹》中借主人公菲利浦之口表明，虽然他的身体是西方人，但他的精神属于中国，他的心里认为，自己是一个中国人。他以向西方传播中国文化为己任，翻译了大量的中国文学作品，对于诗歌、小说、戏曲不同体裁的作品都有所涉及，生前身后留有多部戏曲英译。他在翻译中考虑到了译作的可接受性，不拘于字面对应，对译文进行适当变通调整；有时进行再创作式翻译，增加译文的可读性；他和母语译者合作的中西合璧式翻译模式，值得当下中国文学外译实践借鉴，对其遗稿《长生殿》以及名剧选的整理对于中国戏曲在海外的传播必将起到积极的促进作用。

【参考文献】

Acton, H. & Ch'en Shih-Hsiang. *Modern Chinese poetry* [M]. London: Duckworth, 1936.

Acton, H. Small Talks in China [A]. In Yeh Chun-chan (ed.). *Three Seasons and Other Stories*. London: A. White & Co., 1946.

Acton, H. *Memoirs of an Aesthete* [M]. London: Methuen, 1948.

Chaney. *Oxford, China, and Italy: writings in honour of Sir Harold Acton on his eightieth birthday* [A]. E. and Neil Ritchie (eds.). London: Thames & Hudson, 1985.

Goldblatt, H. Review of the book *The Peach Blossom Fan* [J], by K'ung Shang-jen, trans. by Chen Shih-hsiang, Harold Acton and Cyril Birch. *Books Abroad*, 1976, 50 (4).

Hartnol. *Oxford Companion to the Theatre* [C]. P. (ed.). London: Oxford University Press, 1951.

Hsu, C. Y. *A Great Love Drama of China* [J]. The Asian Student, 1976–11–20.

13

Shryock, J. K. Review of the book *Famous Chinese Plays* [J], by L. C. Arlington and Harold Acton. *Journal of the American Oriental Society,* 1937, 57 (4).

Strassberg, R. Review of *The Peach Blossom Fan* (T'ao-hua-shan) [J], by K'ung Shang-jen, trans. by Chen Shihhsiang and Harold Acton. *Journal of the American Oriental Society,* 1977, 97 (3).

Walls, J. Review of *The Peach Blossom Fan* [J]. *Pacific Affairs,* 1976, 49 (3).

Wilhelm, H. Review of *Modern Chinese Poetry by Harold Acton and Chen Shih-Hsiang* [J]. *Monumenta Serica,* 1936, 2 (1).

刘绍铭. 文字岂是东西 [M]. 沈阳：辽宁教育出版社，1999.

萧乾. 萧乾全集（第四卷. 散文卷）[M]. 武汉：湖北人民出版社，2005.

姚莘农.《戏剧之精华》书评 [J]. 天下，1937，6（5）.

熊式一英伦译写京剧《王宝川》

1. 引言

在《谈戏剧〈凤还巢〉英译本》一文中，胡冬生谈到了西方人演京剧的最早时间以及上演剧本《王宝钏》[①]的英译者："西方人演京剧，最早是一九三四年，在英国伦敦，演出了《王宝钏》，译者熊式一"。他进一步指出，"根据普郎科著的《东方与西方的戏剧》（1967），这次演出很成功。消息传到美国，纽约和洛杉矶也演出了这个戏。"（1986：140）雷丁大学的艾实莉·索普（Ashley Thorpe）博士在伦敦大学亚非学院的一次讲演中指出，"这出戏（《王宝川》）的重要意义在于它是第一部被中国学者译写、导演并且搬上伦敦舞台的中国传统戏剧。"（Thorpe，2011）

《王宝川》的英译者熊式一是 20 世纪上半期与林语堂齐名的在西方

[①] 在我国学术刊物及报刊杂志中提及熊式一 20 世纪 30 年代用英文翻译和导演的中国戏剧 *Lady Precious Stream*，通常有三种中文译名：《宝川夫人》《王宝钏》与《王宝川》。第一种是直译，第二种采用的是中国戏剧故事中女主人公王宝钏的名字，第三种则是熊式一本人对其英文译本回译成中文后采用的译名。对"王宝川"这个译名，熊式一在《王宝川》（2006）中文版序中解释说：许多人问我，为什么要把"王宝钏"改为"王宝川"呢？甚至有人在报上说我的英文不通，把"钏"字译成"Stream"。二十几年来，我认为假若这个人觉得"钏"字不应改为"川"字，也就不必和他谈文艺了。近来我发现了许多人，一见了"王宝川"三字，便立刻把"川"字改为"钏"字。……就中文而言，"川"字已比"钏"字雅多了，译成了英文之后，Bracelet 或 Armlet 不登大雅之堂，而且都是双音字，Stream 既是单音字，而且可以入诗（2006：191-192）。所以，本文谈到熊式一翻译和导演的该中国戏剧时采用了译者本人使用的译名"王宝川"，但在直接引用他人时，保留了引者所用译名。

15

最有影响的中国离散作家，也是第一个将中国京剧搬上英美舞台的戏剧翻译家。然而，我国翻译界目前对熊式一的翻译活动及其英译中国传统戏剧《王宝川》的成功翻译相关研究很少。本文试图在较为全面地介绍和描述熊式一近半个世纪的中英文翻译活动的基础上，考察其在20世纪30年代将中国传统戏剧《王宝钏》翻译和搬上欧美舞台的文化交流活动，重点探讨和研究《王宝川》英译本的文化翻译策略以及熊译《王宝川》在英语世界获得巨大成功的原因，以期对我国的戏剧英译走出国门提供启发和借鉴。

2. 熊式一的中英文翻译活动

根据龚世芬（1996）分析，熊式一一生的翻译活动大致可分为三个阶段：（1）自1923年大学毕业至1932年底赴英求学，为其汉译英国现代戏剧时期。（2）自1933年抵英至50年代初，为熊式一旅居英国时期，也是他英译中国传统戏剧时期。（3）五六十年代移居香港至1991年在北京去世为熊式一自译其英文作品的时期。下面我们将依据这一划分，对熊式一一生的翻译活动作一扼要介绍。

2.1 20年代对英国现代戏剧的中译

熊式一（1902—1991）为江西南昌人，1923年毕业于北京高等师范（北京师范大学前身）英语部，毕业后相继在北京、上海等地的高校教授中英文课程，同时进行翻译和创作。由于没有在国外留学的经历，按教育部当时的政策，他很难被聘为教授。1932年他决定赴英求学，到伦敦大学攻读戏剧文学博士学位。当时熊式一担任《现代》杂志的英国文艺通信记者，1933年1月该杂志对他的赴英求学做过简短报道，称其为"努力翻译英国现代作家萧伯纳及巴里两氏全部著作之熊适逸氏"。可见，熊式一在赴英求学之前，在中国文坛已小有名气。他翻译了英国现代戏剧家萧伯纳和巴里（James Matthew Barrie）的大多数剧本，部分发表在当时的大牌新文学杂志上。这一时期熊式一一共翻译了 10 部英文剧作，其中 8 部是英国剧作家巴里的作品，两部是萧伯纳的作品，主要发表在《小说月报》上，也有一些发表在《现代》《新月》等杂志上。1930 年，他翻译的剧本《可敬的克莱登》由商务印书馆出版了单行本，署名熊适逸。早期的戏剧汉译不仅使熊式一熟悉和了解了西方戏剧，而且为他 30 年代将中国传统戏剧翻译成英语奠定了基础。此外，在翻译英国戏剧的同时，他还翻译了哈代的小说作品《卡斯特桥市长》。

2.2　三四十年代对中国传统戏剧的英译

　　熊式一 1932 年底抵达伦敦后，原打算以莎士比亚戏剧研究作为博士论文，后来在其导师聂柯尔（Allardyce Nicoll）教授的建议下，改为以中国戏剧史为研究对象。在 1933 年春的一次谈话中，聂柯尔教授建议熊式一，与其研究莎士比亚，不如将一出中国传统戏剧翻译为英文："在中国旧剧中，找一出欧美人士可以雅俗共赏的戏，改译成英文话剧，看看可以不可以在英美上演。"（熊式一，2006：191）在比较了中国京剧中"雅俗共赏"的多部传统戏剧后，熊式一决定选取有关薛平贵与王宝钏故事的传统京剧《红鬃烈马》，将其改译为英文。1934 年 7 月，他翻译的 *Lady Precious Stream*（中文译名《王宝川》）由英国伦敦麦勋书局出版。同年冬由熊式一亲自指导的英文话剧 *Lady Precious Stream* 在伦敦小剧场上演。演出获得巨大成功，三年间先后在英国演出 900 余场，场场观众爆满。当时英国的各大报纸如《泰晤士报》（*The Times*）、《格拉斯哥晚报》（*Glasgow Evening News*）、《观察家报》（*The Observer*）、《旁观者》（*Spectator*）杂志等都对 *Lady Precious Stream* 的演出进行了报道，做了热情洋溢的评论，"或称其为'小名著''一本精巧雅致的书''一本可用以馈赠特殊人物的好书'，或将其比喻为大自然中各式美妙的景物，如：争艳怒放的花朵、轻盈的蝴蝶羽翅、妙不可言的日落以及清新的草上露珠。有些文学评论家甚至认为《王宝川》'具有一种精湛文化的标志'，译者为'丰富英语文学"作出了贡献"（龚世芬，1996：261）。

　　《王宝川》在英国演出引发的持续的中国戏剧热也波及欧洲和美国。

1935年秋，熊式一和剧组接受美国剧团经理盖斯特（Morris Gest）的邀请，到纽约百老汇演出。此后该剧在美国东北部的芝加哥、美国东部、中西部以及西海岸巡演达一年半之久，成为在百老汇上演的第一部中国戏。英译本《王宝川》也被翻译成欧洲多种语言。根据熊式一的孙子熊伟回忆："我祖父说他有一屋子（不同译本）的《王宝钏》。"与此同时，根据《王宝川》英译本改编的剧本也在瑞士、荷兰、比利时、匈牙利、捷克斯洛伐克、爱尔兰等国演出，引发了国际上中国戏剧热潮（Hsiung, 1939: 176）。

在英译《王宝川》获得巨大成功的鼓励下，熊式一随后将中国戏剧中的经典剧目《西厢记》译成英语，译本 The Romance of the Western Chamber 由伦敦麦勋书局1935年出版。当时的著名诗人布特雷（Gordon Bottomley）在《西厢记》译本序言中高度评价了熊式一向西方介绍中国剧目的重要意义，认为译者凭借对原文的理解和忠实翻译，英译文的措词造句"简洁、直接、清晰"（1935：X）。国外亚裔学者和西方汉学家也认为熊式一的翻译"既传达了中文原意，又通晓流畅"（夏志清语），译文"虽有种种差错，但并不坏"（闵福德语）。然而，由于受到二战前夕国际大环境的影响，英美评论界对《西厢记》的英译本反应冷淡，评论寥寥，也没有哪家剧院愿意将其搬上舞台（龚世芬，1996：265）。此后，熊式一还翻译出版了剧本《孟母三迁》（Mencius was a Bad Boy），读者反响一般。

除了翻译，熊式一在这一时期还创作了三部作品：剧本《大学教授》（The Professor from Peking, 1939）、小说《天桥》（The Bridge of Heaven, 1943）以及传记《蒋介石传》（The Life of Chiang Kai-Shek, 1948）。《天桥》自1943年1月出版以来，受到西方文学界人士的高度评价，英国作家威尔士称之为"一幅完整的、动人心弦的、呼之欲出的图画，描写了一个大国家的革命过程"（熊式一，2006：4）。小说一年内连续再版四次，次年又再版四次，1945年再版两次，为他赢得了英语世界"东林西熊"的美誉。

2.3　五六十年代以后的中文自译

50年代初熊式一在剑桥大学教授中国近代文学和元代戏剧（1949—

1952）；任期满后又受聘于新加坡南洋大学文学院（1952—1955）；1955年移居香港。在香港时期，除了出版了 20 年代翻译的巴里的《难母难女》剧本，以及创作了社会讽刺喜剧《梁上佳人》外，熊式一的翻译活动主要是自译。他先后将自己早期创作或翻译的四部作品译成中文：包括《天桥》《王宝川》《大学教授》和《和平门》。在《天桥》中译本的序言里，熊式一写道："《天桥》在英国美国出版之后，马上就有法文、德文、西班牙文、瑞典文、捷克文、荷兰文等各种文的译本在各国问世。"但《天桥》的中译本却是在近三十年后由熊式一本人自译成汉语后才在香港、台湾两地与中国读者见面；大陆的简体中文版则迟至七十年后的 2012 年由外研社出版。在这一时期，他应香港艺术节组织者的邀请，将 30 年代英译的《王宝川》自译成中文，并将其搬上香港的舞台。《王宝川》的中文译本 1956 年在香港出版；中英文对照版则由商务印书馆 2006 年出版。此外，熊式一还把自己早年用英文创作的《大学教授》《和平门》等自译成中文，两者皆在香港出版，中国大陆迄今尚未引进。对于熊式一自译作品的研究，目前仅有两篇论文，一篇是彭金玲对《王宝川》中译本的研究，一篇是台湾师范大学硕士研究生蔡永琪撰写的《论熊式一自写自译》。

3.《王宝川》的文化翻译策略及译本和舞台演出成功的原因

　　中国传统戏剧与英文话剧无论在内容上、结构上还是观众对剧本的期待上等多方面都存在着很大差异。熊式一要想在伦敦的舞台上成功上演他翻译的剧本，赢得对中国及中国戏剧了解甚少的西方观众的认可，需要考虑到中英戏剧的差异、西方舞台演出的需要以及英文读者／观众的认知能力，根据译入语国家的社会文化诗学规范对原剧本做出适当的文化改写。下面我们将重点探讨熊译《王宝川》的文化翻译策略，分析熊译《王宝川》剧本及其舞台演出在西方获得成功的原因。

3.1　从中国京剧到英文话剧的改编

在中国京剧舞台上，许多成功上演的戏剧剧本都不是艺术价值很高的文学作品。这是因为在京剧表演艺术中，剧本仅是提供故事情节、背景、人物活动的框架，演员的表演才是舞台演出中最重要的。作为一个戏剧爱好者和研究者，熊式一是很清楚这一点的。他之所以选择《王宝川》这一剧目作为英译的材料，目的性非常强："我当年写《王宝川》为的是试试看卖文能否糊口"（2010：92-93）；"我之作《王宝川》，唯一的目的，是想求一点小利"（2010：104）。正是出于这种功利性目的，《王宝川》的英译从一开始就不是严格意义上的翻译，而是一种基于原作的改写。根据熊式一本人的回忆，他 30 年代在英国翻译《王宝川》时，手头并没有一个完整的剧本作为底本。而且，《红鬃烈马》这一剧目在当时的中国也并没有一个完整的中文版本，每个剧组都有自己的演出版本，不同版本之间存在着很大差异。熊式一翻译《王宝川》时主要是凭借他对中文剧本的记忆（"While I was working on *Lady Precious Stream* I relied chiefly upon my memory", Hsiung, 1939: 176）。与熊式一处于同一时代的林语堂在评论《王宝川》英译本时指出：熊式一翻译、导演的英文话剧《王宝川》能够在伦敦获得成功，部分归功于原作特有的魅力，但更归功于译文语言的自然地道以及译者对西方戏剧表演技巧的熟稔。最重要的是，译者考虑到西方舞台演出的需要，对原作进行了必要的改编。在中国戏曲舞台上，像《王宝川》这样的剧本很少能够从头到尾地进行演出，整个中文剧本缺乏剧情上的统一和情节上的连贯，缺乏西方戏剧意义上的高潮和结局。考虑到这一差异，熊式一在翻译这一出传统中国剧目的过程中，将王宝钏的故事改译为英文的四幕话剧，从而保证了整个剧本内容上的紧凑性和情节上的连贯性（Lin, 1935: 106-110）。英国汉学家白之（Cyril Birch）在谈到明朝传奇剧的翻译时也持有类似的观点。他说："我相信节译某些中国剧作的一些场景是有道理的。实际上，采取这样的英译方式和数世纪以来中国剧院经理人的做法是一样的，他们会挑出一些场景在舞台上进行表演，也就是大家熟悉的折子戏。这可能是为英语读者翻译明朝传奇剧的最佳策略——进行选择性地翻译，伴随的介绍性内容可以把每个场景恰当地置于其戏剧背景当中，之后再去挑战读者阅读三十几出或者四十几出的全译本。"（Birch, 1990：11）按照西方戏剧的演出要求在翻译时对中文剧本进行合理改编不仅使译本能够在有限的篇幅里引起读者的兴趣，而且也是《王宝川》最终能够搬上伦敦舞台并且吸引观众的基础。可以说，经过译者改编后的《王宝川》是该剧在英国舞台上演出获得成功的重要原因之一。

3.2　巧妙的广告宣传与赞助人的鼎力扶持

熊译《王宝川》在西方能够获得成功的另一个原因还在于译者对于译本的巧妙宣传以及译入语文化系统中赞助人的大力支持。在英译《王宝川》的前言中，熊式一对读者"郑重"承诺：英译本是"原汁原味的中国"剧本。他强调说："在剧本中，我丝毫没有尝试改动原文的任何东西。下面呈现的是一个典型的中文剧本，跟中国舞台上演出的版本丝毫不差。除了语言，剧本中每个微小的细节都是中国的，就我本人有限的英语而言，我尽其所能地做了满意的翻译。"（Hsiung, 1935: xvii）另外，剧本的副标题"根据传统风格英译的中国古老戏剧"（An Old Chinese Play done into English according to its traditional style）也进一步强调了这一点。在《西厢记》英译本的封面中，再次强调了英译《王宝川》对原剧本的高度忠实："《王宝川》是一出中国古老传统戏剧……现在第一次由一个完美掌握了英文又熟悉中国舞台的中国人将其译为英语。剧本没有任何改动成分，绝对是原汁原味的中文再现。"（"*Lady Precious Stream* is a play of some antiquity in the Chinese tradition…Now for the first time it has been translated into English by a Chinese who not only has perfect command of the English language but is himself of the Chinese stage. No attempt has been made to alter anything, so that the play remains definitely Chinese in character."）然而，对比研究中文剧本和英文译本，可以发现，译者前言及封面中的所言基本上是一种广告宣传。熊式一本人晚年在自传中的回忆也证实了英译本前言中的所言是一种"骗人"的商业宣传，"这东西（指《王宝川》英译本）本来就用不着把原本奉为规范，**所以我虽然说这是照中国旧的戏剧翻译的，其实我就只**

借用了它一个大纲,前前后后,我随意增加随意减削,全凭我自己的心意,大加改换……"(2010:30)。对于熊式一"随心所欲"的翻译改写,如果考虑到《王宝川》翻译的背景和动机,其实并不难理解。熊式一之所以翻译《王宝川》,是因为听从了聂柯尔教授的建议:要翻译一出中国戏剧,将其搬上英国舞台,并从中获得商业利益。从一开始,熊式一就决定选取一个商业上有可能在西方舞台上获得成功的"雅俗共赏"的通俗剧,而不是文学价值高的中国经典戏剧,如《西厢记》。在《大学教授》英文版的后记中,他在回忆《王宝川》的翻译和演出时写道:"我译《王宝川》的唯一理由是商业目的;如果能够取得些成绩,不论有多么令人满意,那都是纯粹的运气。然而,从一个作家的角度来说,我则认为自己是彻头彻尾的失败。"(1939:168)在翻译《王宝川》的过程中,为了保证剧本商业上的成功,熊式一经常跑到伦敦的各大剧院去观摩英文戏剧的演出,观察观众对上演戏剧的反应。可以说,明确的翻译目的、充分的前期准备和精心的广告宣传是《王宝川》英译本和舞台演出成功的前提。

　　此外,《王宝川》英译本和舞台演出的成功与译入语文化系统中赞助人的支持也密切相关。当时英国著名的文人学者在为该译本撰写的序言中对剧本做了高度评价。在《大学教授》英文版的后记中,熊式一提到《王宝川》有两个"教父"和"教母"。教父之一是为《王宝川》英译本作序的亚柏康贝(Lascelles Abercrombie)教授。亚柏康贝教授是伦敦大学著名的戏剧研究专家和诗人,经常参加当时有名的摩温戏剧节,并受邀发表演讲,在戏剧界有广泛的影响。在《王宝川》序言中,他高度赞扬了这一剧本,以亲身体验讲述了他本人阅读《王宝川》英译本的愉悦感受:译笔灵巧优美,剧本读起来好像是一出轻松的浪漫剧。剧本的内容更是引人入胜,"熊先生魅力的真正力量并不在于他提供给读者想象中的舞台那些令人愉快的表演技巧;而在于他展示给我们剧中人物的生活,他们的思想、言谈、举止让人着迷,是他们的这一切让我们陶醉其中。"(1934:viii)他举例说,最让他着迷的是在第一幕中宰相王允对观众说的话:"今天是新年。我想该好好庆祝一下。天好像要下雪,我建议在花园里举办个赏雪会。"亚柏康贝教授感叹道:"赏雪!这正是熊先生对我们西方人的头脑施加魅力的精华所在。他笔下那些迷人的人物有一种我们所没有的秘密,即如何生活的秘密。这也正是我们在进入他们生活与命运的传说中时,他们所传递给我们的。王宰相新年园中赏雪吟诗的世界并非幻境,它不会发生在唐宁街上,但熊先生的这个世界、这个有着'宝川'之名的年轻女子的世界,是一个精致、得体的真实存在,它显示出的是一种深刻的人性的真实。"(1934:ix)亚柏康贝教授虽然从译者那里了解到译本并不是一种严格意义上翻译,也知道原剧在中国文学价值并不高,但是他仍旧热情洋溢地赞美说:"对于绝大多数读者(包括我本人)来说,《王宝川》是一个用英文写(而且写得非常精彩)的文学作品,《王宝川》英译本显示了中华文明的优秀"。

除了亚柏康贝教授,《王宝川》英译本还有一个"教母"——当时的英国笔会主席斯科特(Donson-Scott)夫人。斯科特夫人是最早阅读《王宝川》英译手稿并肯定该译本能够获得成功的英国人。当熊式一告诉她伦敦大学的亚柏康贝教授非常欣赏他的剧本后,她坚持说:"那不行,那一句话是不够的!他一定要有言必有行。"(Hsiung, 1939: 167-168;熊式一,2010:104)可以说,正是在她的提议和坚持下,《王宝川》英译本才得到了亚柏康贝教授的鼓励和支持,为当时在英国尚默默无闻的中国学子的翻译剧本撰写了热情洋溢的序言,为该剧本的出版和上演起了重要的推动作用。

《王宝川》能够成功搬上伦敦的舞台则要归功于另外两个赞助人:剧作家、演员菲尔德(Jonathan Field)和剧团经理普锐丝(Nancy Price)。作为剧作家和演员,菲尔德对熊式一剧本的高度肯定和竭力推荐使得剧本能够被伦敦的剧团经理接受。而人民国家剧团的经理普锐丝女士努力克服一切困难,包括前期资金的投入以及向友人租借中国的演出服装等,也使该剧能够在短短的五周时间内与伦敦的观众见面。这也是熊式一在后来的回忆中诚恳地尊称他们为剧本能够在伦敦成功上演的"教父和教母"的原因(1939:168)。

3.3 对原剧本的改写

上文谈到,熊式一在翻译王宝川的故事时,并没有一个可以参考的中文剧本。而且，考虑到该剧目在中国是一出文学价值并不高的商业剧，他从一开始也没有打算对剧本做忠实的翻译。他的翻译，充其量来说，是一种基于中国戏剧故事的创造性英文演绎。用林语堂的话来说："熊先生绝不是仆人式的译者，而是一个创造者，他有一个欢快年轻人的热情，对直译的准确性毫不在意。否则的话，他是不可能写出那么漂亮的英语的。你读几页英文，就知道他的译文绝不是柏林的教授或博物馆员的翻译，因为这些人的翻译总是要求事实确凿、准确，讲究知识性，但他们的翻译语言缺乏神韵。在英译本《王宝川》中，原剧诙谐幽默的语言在译文中都得以保存，基本上可以说是译者的再创作。熊先生的译文大胆、灵活。我粗略估计，这个译本15%是熊先生的创作，85%是对原文的直译。"（1935：107-108）通过对比阅读译文和相应的中文版本，可以发现林语堂的评价还是相对保守的。毫不夸张地说，熊式一的"翻译"一半是翻译，一半是创作，是一种典型的创造性改译。下面我们将从内容上的改写和幽默语言的创作性"再现"两个方面来加以说明。

3.3.1　内容上的改写

中国京剧和西方话剧的最大不同之处在于舞台背景安排上的差异。京剧舞台不讲究真实场景和情景的再现，"虚拟"是京剧表演艺术的一个鲜明特色。中国舞台上频繁出现的检场人与强调现实主义的西方戏剧截然不同。正是由于这一不同，英译《王宝川》在每一个场景或人物出场前，都增添了原剧所没有的对剧情和剧中人物的介绍。添加的部分虽然多数是介绍性背景内容，却同时又能够使读者读来感觉到愉悦。它们一方面能够帮助那些对中国文化了解甚少的西方读者熟悉中国舞台上的场景、剧情和人物，另一方面又为演员的演出提供了一个蓝本。例如，在第一幕的开始，译本就增添了约400字的剧情说明，介绍了中国传统舞台上的背景安排以及人物装扮等内容（如剧中人王宰相戴着黑色的长髯表示他不是个反面人物）。可以想象，没有这样的说明，西方人很难读懂中国戏剧。同时，这些不同于西方剧本的舞台说明也因其东方特色和中国情趣吸引了西方读者。亚柏康贝教授在为《王宝川》撰写的序言里就提到了中国戏剧舞台上的非现实性，认为剧中"虚拟的现实"再现了中国舞台表演长期以来一直严格遵循的美学传统（1934：viii）。

除了因中西舞台表演艺术上的差异所做的增添，《王宝川》英译本在内容方面也因客观和主观等因素的影响多处进行了改写。任何一个译者都不是在真空中做翻译的，翻译文本必然受到译者的思想意识和所处历史环境的影响。熊式一在中译本的序言中说："我对迷信、一夫多妻制、死刑、也不主张对外宣传，故对前后剧情，改动得很多。"（熊式一，2006：192）举例来说，王宝钏的故事的中文版本虽然众多，但几乎每个版本在开始部分描写的都是怪力乱神的现象，显示宝钏挑婿的绣球之所以落到街上叫花子薛平贵的身上是命运使然。作为受过新文化运动洗礼的中国知识分子，熊式一认为这是一种迷信思想的表现，因而在译本中删除了怪力乱神的现象。同时，在译文第一幕中增加了王宰相在家中宴请女儿女婿，打算借机说服小女儿宝川早挑如意郎君这一剧情。在饮酒赏雪、比武作诗的过程中，译者将在王家做花匠的（而不是在街上卖艺的）男主人公薛平贵介绍出场，并让他充分展现了自己的文武才能，因而被王宝川看中，并最终由她自己出面安排，在抛绣球时有意把绣球抛到了意中人的身上。正是因为宝川自主选择了未来的丈夫，所以后来她才能够在寒窑中苦守十八年，等候丈夫衣锦还乡。通过这样的改写，译本既剔除了译者不愿意对外宣传的迷信糟粕，又把宝川对平贵的赏识，说得合乎情理，从整体上保证了剧本的风格统一和逻辑通顺。

另一个明显的改写是译本中多了一个人物——外交官。在中国传统戏剧中，在寒窑苦等丈夫十八年的女主人公等来的不仅仅是自己的丈夫荣归故里，而且还有他在西凉国娶的公主。然而，辛亥革命后中国的一夫多妻制度已被废除，五四运动提倡的男女平等的观念深入人心。在这种背景下，译者认为原剧中的一夫多妻制是糟粕，不适合对外宣传，所以译本通过添加一个外交官，由他出场解决了剧本中遇到的这一难题：把西凉代战公主变身为薛平贵的妹妹，最后被外交官带走，巧妙避开了一夫两妻的问题。

另外，译本在其他方面也有不同程度的改写。例如，在人物对话中多处添加了对女性尊重的内容（如王夫人说薛平贵婚后会怕老婆："好的，男子汉大丈夫要是怕老婆，一定有出息的"；"普天下的好家庭，都是女人做主的！我丈夫可以告诉你们，他一向老是听我的话的"），以及将薛平贵与王宝川二姐夫的矛盾处理成家庭矛盾等。

总之，以上所谈的改写实际上都是译者的创造性写作，是原文所无的内容上的更动，既有删减，也有添加。但是这种更动变化，无论是从剧情结构的完整性和合理性上，还是在内容的时代性上，都可以说是成功的。译入语国家的专家学者（如亚柏康贝教授）对译文所添加的王宰相一家花园饮酒赏雪内容的高度评价，以及英国皇室亲莅剧场观看演出都充分证明了这一点。

3.3.2 幽默语言的创造性"再现"

剧本的翻译是一种特殊的文学翻译。一般的文学翻译在处理原文的幽默语言时，既可以采取贴切原文的直译，然后添加文内或文外注释；也可以采取贴近译入语读者的创造性灵活翻译，用译入语文化中的幽默来替代原作中的幽默。然而，在戏剧翻译，特别是供演出的演出本的翻译中，在处理幽默语言时，前一种翻译一般都被摒弃；而创造性的灵活翻译不仅考验译者的语言驾驭能力，而且也是演出中最受演员和观众欢迎的亮点。《王宝川》英译本及其舞台演出的成功在很大程度上得益于译者对原剧中幽默语言的成功创造性"再现"。请看下面一段经典的对白：

原剧：

（代战公主：……到了他国地面，说话要和气点。）

马达、江海：是。老头请呢。

莫将：老头不玩火球。

马达、江海：老将！

莫将：老姜到菜市买去。

马达、江海：皇上！

莫将：黄鳝上鱼店里买去。

马达、江海：主子！

莫将：肘子要到肉店里买去。你们两个人，长得人不人，鬼不鬼，也配长了两条仙鹤腿！快回去，换一个好看一点儿的来说话罢！

译文 1（林语堂的直译）：

　　Ma & Kiang: Hey, old man on the rampart!

　　Mu: The old-man does not play a fire-ball.

　　Ma & Kiang: My old General!

　　Mu: Old ginger? But it at the shop for selling salt and oils.

　　Ma & Kiang: My Emperor!

　　Mu: You want yellow eel? (here the Chinese pun is lost in the translation). Go and buy it at the fish market.

　　Ma & Kiang: My Lord!

　　Mu: You want pig's tripe? Go and buy it at the butcher's. Look here, you two fellows! You look neither like human beings nor like devils, with you pairs of shaky legs looking like those of stork. Go and get someone more presentable to talk with me.

译文 2（熊式一的创造性翻译）：

　　Ma (calling aloud): Hey, my old man!

　　Mu: Old moon? We can't see the old moon until midnight.

　　Kiang: My old General!

　　Mu: Old ginger? Buy it at the market where vegetables are for sale.

　　Ma: My king!

　　Mu: There is no kinsman of yours in China.

　　Kiang: My master!

　　Mu: Mustard? Go to the grocery for it!

　　Ma: My Lord!

　　Mu: He is in heaven.

　　Kiang: My Emperor.

　　Mu: You are empty? This is not an eating house! What are you two doing here? You are too ugly to be called human beings and certainly too ordinary to be called devils; and the most peculiar thing about you is how did you get a pair of legs like those of a stork? Go back and get some one

27

more presentable to talk with me!（1935: 96-97）

上面的对白是西凉国的两位副将跟随代战公主追赶薛平贵至中国边界后跟守关的莫老将军的一段对话。原剧中莫老将军故意装耳背，对对方的问话答非所问，因而制造了诙谐的谐音幽默对白：老头请呀—老头不玩火球，老将—老姜，皇上—黄鳝，主子—肘子。对于汉语的谐音幽默，熊式一没有直译，而是另起炉灶，按照译入语的语言规范，创造了英语中的谐音幽默：old man（老人）—old moon（老月亮），old general（老将）—old ginger（老姜），king（大王）—kinsman（亲眷），master（主人）—mustard（芥末），emperor（皇上）—empty（饿），从而生动再现了原剧人物对话的谐音之趣。林语堂在1935年的评论中也切中肯綮地指出：此处的翻译充分证明了"熊先生的成功是应得的"（Mr. Hsiung's success is deserved., Lin, 1935: 110）。

除了创造性地再现原剧中人物对白的诙谐幽默，熊式一还在英译本中有意添加了一些原剧所没有的"佐料"段子。比如，让不学无术的二女婿魏虎将灵感（inspiration）误听成淋汗（perspiration）；让剧中人物故意说一些与剧情不相关，但却能够逗乐现场观众的话（如"我又不是对你讲话，我是对着台下的人演戏呀""这出戏一点儿也不好，尤其是这一幕，简直专和我为难"等）。这些都是林语堂所认为的"证明了熊先生将中文转换为好的英文的诀窍"所在（1935：110），也是英译《王宝川》能够在国外舞台赢得观众热烈欢迎的重要原因。

4. 结束语

对于熊式一英译《王宝川》在英美舞台获得巨大成功的原因，我国学者目前有两种不同的看法。一种认为，熊译本在保留、传递中国文化特色的同时注重了语言上戏剧演出的效果（彭金铃，2013：105）；另一种认为，熊译的成功在很大程度上是缘于"西方观众对中国文化所知寥寥而产生的好奇心与猎奇心理"（江棘，2013：74）。本文在梳理、描述熊式一近半个世纪的中英文翻译活动的基础上，从多角度考察了熊译《王宝川》的文化翻译策略，认为英译《王宝川》的成功主要依赖于以下三个方面：（1）译者对现代英语戏剧的熟稔，能够将传统的中国京剧成功改编为适合西方舞台演出的英文话剧；（2）巧妙的广告宣传以及赞助人的大力扶持吸引了原本对中国和中国戏剧一无所知或"所知寥寥"的目标读者和观众；（3）采用了恰当的文化翻译策略：内容上的改写符合了西方诗学的期待规范，而原剧语言上的诙谐幽默又通过多种手段得以在译本中创造性地"生动再现"。在我国政府大力推动中国文化走向世界的今天，探讨熊式一英译《王宝川》的文化翻译策略及其在国外舞台上成功上演的经验能够为中国戏剧走向英语世界提供启发和借鉴。

【参考文献】

Birch, C. Reflflections of a Working Translator [A]. E. E. Chen & Y. F. Lin (eds.). *Translating Chinese Literature*. Bloomington: Indiana University Press, 1995.

Hsiung, S. I. *Lady Precious Stream* [M]. London: Methuen & Co. Ltd. 1934.

Hsiung, S. I. *The Professor from Peking* [M]. London: Methuen & Co. Ltd. 1939.

Lin, Y. T. Review of *Lady Precious Stream* [J]. T'ien Hsian Monthly, 1935(1): 106–110.

Thorpe, A. Chinoiserie and Subalterneity in S. I. Hsiung's *Lady Precious Stream* [R/OL]. www.soas.ac.uk/sci/events/seminars/19nov2012-chinoiserie-and-subalterneity-in-si-hsiungs-lady-precious-stream-1934.html, 2014–10–23.

Wang, S. F. Hsiung. *The Romance of the Western Chamber* [M], trans. by S. I. London: Methuen & Co. Ltd. 1935 .

陈子善．关于熊式一《天桥》的断想 [M]．熊式一．天桥．北京：外语教学与研究出版社，2012．

龚世芬．关于熊式一 [J]．中国现代文学研究丛刊，1996（2）．

胡冬生．谈戏剧《凤还巢》英译本 [J]．读书，1986（9）．

江棘．戏曲译介与"代言人"的合法性——20 世纪 30 年代围绕熊式一《王宝川》的论争［J］．汉语言文学研究，2013（2）．

彭金玲．"一颗头等水色的宝石"——熊式一英译《王宝川》成功因素探析［J］．戏剧文学，2013（1）．

舒乙、熊伟．被埋没的语言大师［R/OL］．(2012-11-29) [2015-02-2].
http://book.ifeng.com/dushuhui/special/salon110/detail_2012_11/29/19648523_0.shtml.

肖开容．从京剧到话剧：熊式一英译王宝川与中国戏剧西传［J］．西南大学学报，2011（3）．

熊式一．天桥［M］．北京：外语教学与研究出版社，2012.

熊式一．八十回忆［M］．北京：海豚出版社，2010.

熊式一．王宝川［M］．北京：商务印书馆，2006.

杨颖育．镜中之像：王宝川还是王宝钏——熊式一英译《王宝川》的改写与变异［J］．四川戏剧，2011（2）．

林语堂译《浮生六记》中的信息缺失

1. 引言

　　林语堂是我国著名的翻译家，他翻译的清末文人沈复的《浮生六记》（*Six Chapters of a Floating Life*）是其汉译英实践的代表作。译文自1935年在英文期刊《天下月刊》和《西风》上连载以来，先后以多种版本在大陆和港台出版。外研社1995年又出版了林译英汉对照本《浮生六记》，从而使我国译界对林译《浮生六记》的研究日益增多。这些论文的研究角度和研究重点虽然不尽相同，但是绝大多数研究都积极地肯定了林译的成就，尤其是对林译的艺术特色和有关文化信息的处理都给予了很高的评价（高巍，2001；董晖，2002；刘芳，2003；胡兴文、史志康，2006），而对林译本中存在的不足之处却鲜有探讨。

　　2006年译林出版社"大中华文库"引进出版了企鹅出版社1983年出版的白伦（Leonard Pratt）和江素惠合译的《浮生六记》英译本 *Six Records of a Floating Life*。在谈到翻译本书的缘起时，译者白伦从四个方面指出了林译本中存在的问题：

> 当初在阅读台湾版的林译双语本时，发现了以下几个问题：一是有些地方的翻译不够准确，没有完全反映中文原文的意思；二是许多需要加注解、让译文读者了解历史、文学背景的地方，林译本注解

31

阙如；三是有几处的中文原文，可能由于比较难译的缘故，根本没有翻译出来；四是译文的语言风格很不一致：有些部分像莎士比亚时代的英语（如"是夜送亲城外，返，已漏三下……"的译文 That night, when I came back from outside the city, whither I had accompanied my girl cousin the bride... 中的"whither"），有些像19世纪美国小说，有些是20世纪20年代的俚语（许冬平，2007）。

对于林译《浮生六记》中存在以上问题的原因，白伦认为，该译本译出时林先生的事业刚刚起步，译者"可能是热情有余而细心不足使然"。翻译尤其是文学翻译是一项不完美的事业。任何译本，包括林译本在内存在一些问题都是正常的，因为完美的翻译是不存在的。特别是汉语文学作品的英译由母语为汉语的中国译者来做，译本存在一些问题更是在所难免，即使是"两脚踏东西文化"、英汉双语能力都达到相当熟练程度的林语堂也不例外，英语毕竟不是他的母语。用刘绍明的话来说就是，中国译者在将汉语作品翻译成英语时缺乏一种能够"撒野的能力"（刘绍铭，2007：123）。

但是如果将林译本中的问题仅仅归因于"林先生事业刚刚起步，可能是热情有余而细心不足使然"却过于简单。原因有以下几点：第一，林语堂在英译《浮生六记》之前已经有了相当的中英文创作经验和翻译经验。尤其值得一提的是他用英文创作的 *My Country and My People*（《吾国与吾民》）在美国1935年出版后受到读者的好评。可以说，以当时林语堂的中英文功底，他翻译《浮生六记》应该不至于有白伦所说的第一个和第三个问题，即有些地方的翻译不准确，没有完全译出原文的意思，难译的地方没有翻译。第二，林语堂对于《浮生六记》的翻译是非常认真的。林语堂在台湾开明书店1974年出版的《浮生六记》汉英对照本中的译序中说，《浮生六记》的翻译"前后易稿不下十次；《天下》发刊后，又经校改。兹复得友人张沛霖君校误数条，甚矣乎译事之难也"。可见，林语堂对《浮生六记》的翻译态度极其认真，否则不会"十易其稿"；白伦所说的当时的林语堂不够细心也难以站得住脚。第三，也是最为重要的一点是林语堂在台湾出版的这个版本在译序结束、正文开始前，有一页上书"《浮生六记》译文虽非苟且之作，但原非供汉英对照之用，字句间容有未尽榫比之处，阅者谅之"。这一点非常重要，它明确表明了林语堂本人的翻译目的，即他的译文是为对中国文学感兴趣的英语读者所翻译的，并非供汉英对照之用；若有读者拿原文对照着来看，译文肯定会有不完全对应原文的地方。但是，遗憾的是，白伦以及其他学者在评价林语堂翻译的缺陷时却完全忽略掉了这一点。

诚如林语堂本人所言，其译本并非供汉英对照之用，那么他的译本出现翻译不准确、信息缺失的原因是什么造成的呢？我们又该如何解释白伦所发现的林译本有些地方翻译得不够准确，没有完全译出原文的意思，以及有的地方因为难译而没有翻译这个问题呢？本文将试图回答这一问题。

2. 林译《浮生六记》中的信息缺失及原因

勒弗维尔认为文学翻译有四大制约因素，按重要性依次排列是意识形态、诗学、文化万象和语言。首先，译者要出版自己的译作，就要尽量使其不与目标语文化的意识形态发生冲突。其次，译作要出版，要让读者易接受，还要力求符合目标语文化的文学观即诗学。再次，对于原文中的社会文化因素，比如"事物、习俗和概念"等文化万象，有些是目标语读者无法理解的，译者就必须或者从目标语文化中找到相应的概念来替代，或者利用前言、脚注等对原文的社会文化概念加以阐述。最后，对于语言层面的问题，特别是"言外言语行为"层面的问题，也即借助语言手段制造"言外"效果的语言运用层面的问题需要文学译者特别的关注（孙致礼 2006：ix-xii）。在以上影响文学翻译的四大制约因素中，勒弗维尔忽略了一点：即译者的翻译思想对其翻译产品的影响，尤其是像林语堂本人作为翻译《浮生六记》的发起人而言，他个人的翻译思想对其所采用的翻译策略和对译文最终面貌的影响从一定程度上来说起着决定性的作用，因此在下面的讨论中，我们将先探讨林语堂的翻译思想对他翻译《浮生六记》的影响，然后以勒弗维尔提出的文学翻译的四大制约因素为框架来探讨林译《浮生六记》中存在的信息缺失问题以及产生这一现象的深层原因。

2.1 林译受其翻译思想的影响

林语堂的翻译思想集中体现在他 1930 年所写的《论翻译》一文中。在该文中，他提出了"忠实、通顺和美"的翻译原则。虽然他指明了这一原则跟严复的"信达雅"有着相同之处，但在他的论述中，我们可以发现他并不认为"忠实"在翻译中是最重要的。对于他所关心的文学翻译，他更强调译文的通顺以及原文神韵及"美"的传达。他同意克罗齐的话，认为文学翻译不是再创作而是创作；明确提出译者有"字字了解，无字字译出之必要"。请看下面的例子：

例 1

原文：……有女名憨园，瓜期未破，亭亭玉立，……

译文 1：...but she had a girl by the name of Hanyuan, who was a very sweet young maiden, still in her teens.（林语堂译）

译文：However, she had a daughter named Han-yuan, who, though not yet fully mature, was as beautiful as a piece of jade.（白伦、江素惠译）

上面这句话的翻译，如果对照着原文来看，林译显然漏译了"亭亭玉立"这个词组。在《现代汉语词典》中，"亭亭玉立"用来形容花木主干挺拔或女子身材修长，在小说中经常用来描写女子身材高挑，气质优雅。林语堂对这一词组没有翻译，既不可能是因为不理解或理解不准确，也不可能是因为难以翻译成英文而放弃翻译（因为他可以完全将之翻译为 she was tall and elegant 等类似的译文）。唯一的解释就是林语堂是有意不译这一词组的，因为"亭亭玉立"这样的描写如果直译成英文，并不能够突出"憨园"的可爱形象。所以，林在翻译中采用了英文中常用的描写女孩子可爱的一个词"sweet"。虽然"sweet"和"亭亭玉立"绝对不是对等词，但在突出"憨园"这一形象的可爱上，效果基本是一致的。而且，从整句话的翻译来说，要忠实于原文也是有难度的。原文中的"瓜期未破"是委婉语，是我国古代文人在涉及有关性的话题时所习惯采用的委婉说法，实指女孩子仍是处女。但要在英译文中体现汉语文化的这一特点实际上是不可能的，这可以从白伦的译文"not yet fully mature"可以看出来。

高健（2006）曾经研究过林语堂早期散文的双语文本问题，尤其是林语堂对自己英文文章的中文翻译。他在研究中发现，林语堂在翻译自己的文章时，明显带有创作的性质，比较自由，并不拘泥于具体的字句，而是追求整体内容与意境上的忠实。例如下面的两个例子：

例 2

英文：I do not think it would be wrong to **prepare some incense and fruits** and say some prayers on our knees to these two sweet souls.

中文：果能如愿，我想备点香花鲜果，供奉跪拜祷祝于这两位清魂之前，也没什么罪过。

例 3

英文：For who would not like to go out secretly <u>with her</u> against her parents' wish to the Taihu Lake and see her elated at the sight of the wide expanse of water, or watch the moon with her by the Bridge of Ten Thousand Years.

中文：你想谁不愿和她夫妇，背着姑翁，偷往太湖，看她观玩洋洋万顷的湖水，<u>而叹天地之宽</u>，或者同她到万年桥去赏月？

上面两个例子的英文均选自《浮生六记》的英文序，写于 1935 年，而对应的中文选自其中文序，"写 / 译"于 1936 年。仔细对照英文和中文，我们会发现，例 2 中的英文"**some incense and fruits**"（香和水果）在中文译本里成了"香花鲜果"；例 3 中的英文"<u>with her</u>"在中文里成了"和她夫妇"以及英文中根本没有而在中文中所出现的"<u>而叹天地之宽</u>"。尽管中英文并不是忠实的对应翻译，但这并不妨碍英文是漂亮的英文，中文也是漂亮的中文。如果它们的读者对象各自不同，译者翻译的又是自己的作品，译者在翻译过程中进行创作或有创作性发挥又有什么不可以的呢？毕竟，对于林语堂来说，翻译就是创作！

有意思的是，高健的这一发现不仅适用于林语堂的自译，也完全适用于《浮生六记》的翻译，尽管林语堂这儿翻译的并不是自己的著作。这是因为每种语言都有自己的语言个性，而林语堂深谙中英两种语言的语性，因此在翻译的过程中，林语堂为了再现原文的艺术价值，不断地对译文进行调整，使译文在保持整体思想不变的前提下，语言表达尽可能地符合译入语的习惯，不论是译入汉语还是译入英语。这也符合他相较于"忠实"，更注重"通顺"和"美"的翻译思想：为达通顺，译者需要关注译文读者的行文心理，担负起对读者的责任；为创造美就要兼顾作品的内外体裁，担负起对艺术的责任（林语堂，1981：32-47）。下面这个例子可以进一步证明这一点：

例 4

原文："秋侵人影瘦，霜染菊花肥。"

译文 1：Touched by autumn, one's figure grows slender; Soaked in frost, the chrysanthemum blooms full.（林语堂译）

译文 2：We grow thin in the shadows of autumn, but chrysanthemums grow fat with the dew.（白伦、江素惠译）

这是《浮生六记》中女主人公芸幼年所作的诗句，具有形象性、情感性、多义性和音乐性等特点。翻译成另外一种语言时这些特点应最大程度地保留，以再现原文的审美特征。林语堂在充分理解原文的基础上，进行了创造性的翻译，通过使用并列的结构形式，译文较好地保留了这些特点。相比而言，译文二既没有保留诗句的特点，而且在个别词汇的翻译上（如"瘦""肥"）又过于坚持直译，使得原文的美感完全地流失了。

2.2 受意识形态的影响

《浮生六记》虽然是清朝乾嘉时期无名文人沈复的自传性笔记小说，但因为其感情流露的"真与自然"受到推崇"恬淡自适"人生态度的林语堂的赞赏。林语堂喜欢这本书，"发愿将此书译为英文"以飨天下读者。但是，林语堂翻译该书时是 20 世纪 30 年代，当时西方特别是英美文化是强势文化，要想成功地把处于弱势文化的作品介绍到强势文化中去，必须了解译入语的意识形态和文化规范，使"译文与目标文化里可以接受的行为标准不发生冲突"（Lefevere, 2006: 87）。考虑到当时的西方读者对于中国文化的偏见，林语堂在翻译这本书时，在积极介绍中国文化积极的一面的同时，对于那些容易引起西方读者反感的东西则有意省略没有翻译。例如，

例5

原文：王怒余以目，掷花于地，以莲钩拨入池中……

译文1：Wang looked at me in anger, threw the flowers to the ground and kicked them into the pond.（林语堂译）

译文2：Miss Wang looked at me angrily, threw the flowers on the ground, and kicked them into a pond with her tiny foot.（白伦、江素惠译）

原文中的"莲钩"指中国古代妇女自小包裹已经变形的小脚。对于中国文化的这一陋习，西方很多读者都表示反感。因此，在翻译的时候，林语堂干脆将之省略不译。在将中国文学作品翻译成英语时，为了能够使译文被译入语读者顺利接受，中国译者对于中国文化中的糟粕经常有意识地采用省略或删节的翻译策略。二十世纪初将中国戏剧《红鬃烈马》（英文剧名改为《王宝川》）改译后搬上英美舞台的熊式一就这样明确说过，"我对迷信，一夫多妻制，死刑，也不主张对外宣传，故对前后剧情，改动得很多"（熊式一，2006: 192）。勒弗维尔将译者有意识地将原文中的某些描写进行删节或不译的现象称作是"选择性忠实"，是译者考虑到在其翻译的社会历史背景下有些内容在译入语文化里被认为是不可以接受的，此时译者翻译取舍的标准并不是语言层面而是意识形态层面（Lefevere, 2006: 91）。

2.3 受目标语文化诗学观的影响

在林语堂翻译《浮生六记》的20世纪30年代，大部分西方读者对中

国文化了解甚少,他们对中国文化的兴趣仍然停留在神秘、好奇的阶段。林语堂在欧美留过学,了解西方读者对中国的态度。因此,为了吸引他的目标读者,他在翻译过程中并不是以强调文化输出为重点。相反,他把自己的翻译定位是"文学作品"而不是文化读本。这就解释了他在翻译的过程中,多采用英美读者喜闻乐见的归化翻译方法,而很少进行大量的文化阐释和注释。在很多涉及中国文化因素的翻译中,他都没有具体翻译原文字词的实际所指,而是采用了一种释意的方法,只把原文的大致意思翻译出来。例如,

例 6

原文:……本为做佛事者斋食之地,……

译文 1:... this being the room where pilgrims used to have their meals. (林语堂译)

译文 2:... the room where pilgrims would normally have had their vegetarian meals. (白伦、江素惠译)

原文的"佛事""斋食",指的是僧人吃素食。但在林译中,译者采用了"pilgrims"和"meals",没有突出僧人和吃素这一点,也没有翻译原文中的佛教事实。如果将翻译看作是了解一国文化的媒体和渠道,林译本在这方面是欠缺的,不能算是好的译本。但是如果将文学翻译看作是一种文学作品,林语堂在这儿所做的省略处理完全是可以接受的。

例 7

原文:不得已仍为冯妇。

译文 1:I was then compelled to return to my profession as a salaried man. (林语堂译)

译文 2:and I was obliged to be Feng Fu, and return to official work. (白伦、江素惠译)

以上句子中的典故"仍为冯妇"(又作"再为冯妇")出自《孟子》:"晋

人有冯妇者，善搏虎，卒为善士。则之野，有众逐虎。虎负嵎，莫之敢撄。望见冯妇，趋而迎之。冯妇攘臂下车。众皆悦之，其为士笑之。"对于这一典故的翻译，《译林》杂志编辑许冬平曾对上述两个译文这样评论：

> 林语堂先生在处理这一典故时，仅将其引申意译出；而白、江二人为了让译文读者理解"冯妇"这一典故，在书后加注"Feng Fu was an apparently formidable guy of the Jin Dynasty whom Mencius says was well-known for protecting local villages from tigers. He became much respected by the local gentry when he gave up this low-class occupation in a search of a more refined life, but was later scorned by them when he went back to killing tigers at the villagers' request."这样一来，读者就可以很好地理解这个"冯妇"典故了。《浮生六记》之中还有很多这样的文化含义很丰富的词语，但在林译中诸如"蓬岛""沙叱利"等词，或简单音译，或融入正文中加以解释，<u>全书注解仅有二十多条（白、江译本有两百多条注解）</u>。由于相关注解的缺乏，原文的意思在译文中不可避免地受到损伤。

许冬平以上的评论以具体数字"林译中……全书注解仅有二十多条，白、江译本有两百多条注解"明确表示林语堂对典故和含有文化涵义的词语的处理不妥。似乎是注解越多，越能达到既"保留原文的典故、意象等文化涵义丰富的词语，又让译文读者能够理解"的目的（许冬平，2007）。但是，评者这里似乎忽略了一个问题，即林语堂翻译时代的目标语文化的诗学观。

在文学翻译中遇到文化现象进行注释是正常的，但是对于注释到什么程度目前仍是学界争论的一个话题。德国的功能主义学派翻译理论学家认为，对文化注释的程度要依据翻译的目的而定（Snell-Hornby, 1997）。如林语堂的翻译，他既然打算输出的是文学翻译，而不是介绍中国文化，他在最大程度地再现原作文学性的同时，在处理中国特有的文化词语，特别是典故时，以释义的方法或者简单地进行行文解释，比在行文中做大量的文化注释更能够恰当地传达原文的意义，同时又满足了读者的求知欲和好奇心。另外，从翻译文学的文学性的角度考虑，还有一个问题，即文学翻译中要避免过多的典故解释，因为这不仅打破了原文的行文节奏，而且在一定程度上也破坏了读者连续阅读的兴趣。《浮生六记》的另一个译本——马士李（Shirly M. Black）译本在处理"鸿案相庄"这一典故时就很好地说明了这一点：

例 8

原文：**鸿案相庄二有三年，年愈久而情愈密。**

译文 1：We lived the years of our short married life with a courtesy and harmony worthy of Liang Hung and Meng Kuang, whose story is told in the *Records of the Han Dynasty*. Here is the tale as I remember it.

Meng Kuang was a lady of strong mind, renowned virtue and regrettable lack of beauty, whose family home had been located by Fortune close to that of the wise scholar Liang Hung. Still unmarried, Liang Hung declared that no woman had so far been able to satisfy his ideal of wifely virtue. Meng Kuang also had refused to marry, telling her parents that the only man for whom she had sufficient respect to consider as a husband was the eminent Liang Hung. She persisted in this course until her thirtieth year, when the scholar, learning of her steadfast attachment, decided to make her his wife.

After the wedding, he was displeased to see that his plain-featured wife had decked herself out in traditional feminine finery; but Meng Kuang, sensing that she had offended her husband, immediately changed into rough, simple clothing, and from that moment served her lord with a fitting humility and obedience. Contented and happy in her poor surroundings, she insisted on showing the respect in which she held her husband by raising the rice bowl to the level of her eyebrows whenever they sat down to a meal. Or so the story goes.

译文 2：We lived together with the greatest mutual respect for twenty-three years, and as the years passed we grew ever closer.

与 Shirly M. Black 的译本相比，林语堂对"鸿案相庄"的翻译（译文2）简单、直接，但这并不影响这里作者想要表达的多年夫妻恩爱的意思。可以说，从学习语言的角度来看林语堂的翻译的话，读者会嫌其注解过少。但是在谈论文学翻译中的文化注释时，我们不能简单地以注释的多寡为标准来衡量和评价翻译文学作品，而是要考虑到目标语文化的诗学观。而且，"译者并非为所有的读者翻译，而是为可能对作品感兴趣的某个读者群翻译"（孙致礼，2006：x）。以再现文学性为根本的文学翻译与以介绍原语文化为根本的文化翻译读本应该针对的是不同的读者群，同时也遵循不同的目标文化诗学观。

2.4 受语言文化差异的影响

英汉属于不同的语系。英语属于印欧语系，汉语属于汉藏语系，两者之间存在着很大的语言和文化差异。而且《浮生六记》是清朝嘉庆年间的文人沈复用古文写成的，比现代白话更为精简凝练，四字词语的运用很多。要想使译文完整再现原文的句子结构特点，几乎是不可能的。林语堂在翻译这样一连串的四字词组时为了照顾英文行文的需要，在对原文信息的保留上也有所取舍。例如，

例 9

原文：当是时，孤灯一盏，举目无亲，两手空拳，寸心欲碎。绵绵此恨，曷其有极。

译文 1: A solitary lamp was shinning then in the room, and a sense of utter forlornness overcame me. In my heart opened a wound that shall be healed never more.（林语堂译）

译文 2: When it happened there was a solitary lamp burning in the room. I looked up but saw nothing, there was nothing for my two hands to hold, and my heart felt as if it would shatter. How can there be anything greater than my everlasting grief?（白伦、江素惠译）

41

原文一句话由 27 个字组成，除开头表示时间的状语是三字词组外，其余的六个短句都是由四字词组组成。对于原文这样对仗工整、节奏感强的构句方式，林译没有照搬（也不可能照搬），而是有所取舍地选用了"solitary lamp"和"utter forlornness"来再现"孤灯一盏、举目无亲"的凄凉无助，用"In my heart opened a wound that shall be healed never more"来传达"寸心欲碎"的丧妻之痛，而对于"两手空拳""绵绵此恨，曷其有极"却没有翻译。如果对照阅读译文 2，林译不拘泥于原文字词翻译的优点就显而易见了。一方面译文可以避免似是而非的翻译"I looked up but saw nothing""there was nothing for my two hands to hold"；另一方面又避免了英文行文中用太多的短句连在一起所产生的单调感和行文的累赘。就整体而言，林的译文较好地传达出了主人公彼时彼地的孤苦无助和丧妻之痛之深。

此外，《浮生六记》作为中国文人在特定时代的一种话语方式，其文字中所蕴涵的中国文化元素如何译成英语也是一个难题。例如，

例 10

原文：蒙夫人抬举，真蓬蒿倚玉树也。

译文 1：I should feel greatly honored if I could come to your home…（林语堂译）

译文 2：The respect of an honorable lady like yourself makes me feel like a small weed leaning up against a great tree.（白伦、江素惠译）

原文是故事中的主人公陈芸在贫病交加又不为公婆所容的情况下收到其结拜姐妹邀请她去其家暂住时的答复。这是当时在表示感谢对方的邀请时所使用的典型的客套话，如果译成译文 2 那样，语域上是一致的，体现了原文是正式的客套语，但却有两个缺点，一是行文累赘，二是语言过于造作，似乎难以反映出陈芸和其义姐的亲密关系；而原文只是一种客套语并没有这种隐含的意义。林译也许是为了避免这些缺点，采用了达意的方式，将其意译为"I should feel greatly honored if I could come to your home…"从而使英语读者更好理解这儿的意义。相反，逐字直译"make me feel like a small weed leaning up against a great tree"这样的表达

方式在英语中是鲜见的,英文读者可能需要思考一番才能明白这里表达的是什么意思。

3. 结束语

通过以上分析,我们可以得出,林译《浮生六记》确实存在着一些信息缺失的现象,但是需要注意的是,这些信息缺失并不都是作者粗心、不够认真或者能力有限使然,而是由于各种文本内外的因素对译者的翻译策略的影响所造成的。文学作品是在一定的社会环境下产生的,翻译文学作品也是在一定的社会环境下翻译的,因此只是拿着原本来衡量和评价译本的标准,而不考虑文本内外的各种因素对译文的影响,将很难阐明翻译作品的真相。另外,需要提及的是,外研社1995年出版的林译英汉对照本《浮生六记》将林语堂在台湾出版的版本声明"《浮生六记》译文虽非苟且之作,但原非供汉英对照之用,字句间容有未尽栉比之处,阅者谅之"擅自去掉,也是不合适的,因为这不仅误导了翻译批评者,也误导了读者。一般来说,英汉对照本的主要读者对象是学习语言的学生,而林译《浮生六记》的读者对象是那些对中国文学感兴趣的英美读者,这可以从译文最早发表在英文期刊《天下月刊》和《西风》上看出——这两种期刊的主要读者对象并不是学习语言的英语读者。因此,从这个意义上说,林译本中存在着一些信息的缺失,一些不忠实,也是可以理解的。正如勒弗维尔所指出的,"原文和译文中的形象和现实之间存在着差异并没有什么关系,甚至这种差异对读者来说也不存在,因为他们(绝大多数是非双语的读者)根本就不可能去比较原本和译本。"(2006:109)作为一个翻译经验丰富的译者,林语堂很清楚地认识到这一点,因为他本人在该译本以书的形式出版时就明确指出,他的翻译"原非供汉英对照之用",其译文"字句间容有未尽栉比之处"。遗憾的是,后来的出版社在将原来的翻译改作其他用途(语言学习)时却没有说明译者当时的翻译目的,因而误导了读者。探讨林译本中存在着信息缺失的原因对于中国典籍的外译有启发意义,它能使人们更深刻地看到译者翻译时面对的并不仅仅是文字,还有语言外的其他制约因素制约着他的翻译决策，制约着他的译本是否能够被成功地介绍到国外去，并最终被译入语国家所接受。

【参考文献】

Lefevere, André. *Translating Literature: Practice and Theory in a Comparative Literature Context* [M]. Beijing: Foreign Language Teaching and Research Press, 2006.

董晖.《老到圆熟，出神入化——林语堂〈浮生六记〉英译本赏析》[J].《四川外国语学院学报》，2002，10（3）.

高健.《翻译与鉴赏》[M]．北京：外语教学与研究出版社，2006．

高巍.《文化差异现象在汉译英中的处理——兼评林语堂的〈浮生六记〉英译本》[J].《四川外国语学院学报》，2001，17（5）.

胡兴文，史志康.《林语堂的翻译思想及其英译〈浮生六记〉》[J].《安徽理工大学学报（社会科学版）》，2006，8（4）.

黎土旺.《文化取向与翻译策略——〈浮生六记〉两个英译本之比较》[J].《外语与外语教学》，2007（7）.

林语堂. 论翻译[A]．载刘靖之编《翻译论集》．香港：三联出版社，1981：32-47.

刘芳.《汉语文学作品英译中的异化与归化问题——兼评林语堂在〈浮生六记〉中的文化翻译》[J].《解放军外国语学院学报》，2003，26（4）.

刘绍铭.《到底是张爱玲》[M]．上海：上海书店出版社，2007．

沈复.《浮生六记》（*Six Chapters of A Floating Life*）[M]．林语堂译．北京：外语教学与研究出版社，1999．

沈复.《浮生六记》（*Six Records of A Floating Life*）[M]．Leonard Pratt and Chiang Su-hui 译．南京：译林出版社，2006．

沈复.《浮生六记》（*Chapters from A Floating Life*）[M]．Shirley M. Black 译．牛津：牛津大学出版社，1960．

孙致礼.《文学翻译：比较文学背景下的理论与实践》导读[M]．北京：外语教学与研究出版社，2006．

熊式一.《王宝川》[M]．北京：商务印书馆，2006．

许冬平.《浮生六记》的英译和白话文翻译[J]．文景．2007-8-29．

艾黎英译李白诗歌

1. 引言

杜博妮（Bonnie S. McDougall）在其专著《现代中国翻译区》（2011）中指出，中国文学外译存在四种翻译类型：学术翻译（如夏威夷大学出版社出版的中国现代小说英译系列）、商业翻译（如企鹅出版社出版的莫言和苏童的译作）、国家机构翻译（如中国外文局20世纪50年代到80年代的中国文学翻译）和个人翻译（译者出于个人兴趣而进行的翻译活动）。杜博妮将国家机构翻译定义为翻译活动受到国家机构的赞助，翻译以国家（外宣）利益为主，不以盈利为目的。翻译的各个环节与官方授权密切相关，包括对翻译过程的控制（选择哪些文本来翻译）、译者的选择、具体的翻译策略、译作的公开或非公开出版/发行、翻译资金赞助、奖励，以及其他与翻译相关的支持和控制形式（McDougall, 2011）。杜博妮根据自己在外文局的翻译工作经历，总结了国家机构翻译的优缺点。其优点是：（1）整个翻译过程组织严谨；（2）译文准确性高，语言错误少；（3）翻译数量大；（4）时间持续长；（5）译本虽然很少被大众阅读，但却是汉学家和学习汉语的外国研究生研究中国的教程。缺点是：（1）翻译管理的模式是自上而下的行政命令；（2）缺乏对译文接受效果的读者调查；（3）译者在整个翻译管理中处于最底层，缺乏鼓励译者工作的有效机制（译者无署名权）；（4）多数译者对文学翻译的性质不了解，强调译文的准确性而忽视了文学翻译的文学性；(5) 对文学翻译能否由母语是外语的译者来翻译缺乏理论上的思考（马会娟，2013）。杜博妮个人翻译经验的反思一定程度上总结了国家机构翻译的特点，但是也有其偏颇之处和个人经历的主观性。

2. 艾黎在中国的诗歌翻译活动

路易·艾黎（Rewi Alley, 1897—1987）是新西兰籍作家、教育家和社会改革家。他 1927 年来到中国后，参加了在上海的国际马列主义学习小组，并向国外撰写了大量宣传中国人民抗日斗争的文章。20 世纪 40 年代，他在甘肃省山丹县创办了以手脑并用、创造分析、理论联系实际为办学宗旨的山丹培黎学校。新中国成立后，艾黎接受中国政府的邀请来到北京，参加亚太和平会议联络委员会成立的筹备工作，自此以后作为该委员会的委员长期致力于维护世界和平与各国人民友好事业，向国外介绍和宣传新中国。

但较少为人所知的是，艾黎与翻译也有着不解的情缘。他一生翻译和出版中国诗歌十余部，其内容涵盖中国古代诗歌和现当代诗歌，时间跨度从春秋战国时期到 20 世纪 80 年代，范围不仅限于汉语诗歌，还包括一些少数民族诗歌作品。

艾黎的翻译活动以"文革"为分水岭可以分为前后两个时期。前期（1954—1962）主要译作包括《历代和平诗选》（*Peace through the Ages*, 1954），《人民的声音》（*The People Speak Out*, 1954），《反抗的歌声》（*Poems of Revolt*, 1962）和《杜甫诗选》（*Tu Fu Selected Poems*, 1962）。后期（1981—1984）主要译作包括《李白诗歌 200 首》（*Li Pai 200 Selected Poems*, 1981），《白居易诗选（200 首）》（*Bai Juyi 200 Selected Poems*, 1981），《唐宋诗选》（*Selected Poems of Tang and Song Dynasties*, 1981）以及《大路上的光与影》（*Light and Shadow Along a Great Road*, 1984）。不难看出，艾黎前期译作主题特点鲜明，意识形态影响明显。这里我们不妨结合艾黎这一时期的个人经历进行分析。1952 年 6 月，艾黎

与其新西兰同胞考特尼（Courtney Archer）受到新成立的中央人民政府的邀请，离开自己一手创办的山丹培黎学校，赴北京代表新西兰和平运动参加亚洲及太平洋区域和平会议。对此，艾黎在自传中回忆"我们感到很荣幸"（Alley, 2003: 225）。但事实上，艾黎此刻的心情是矛盾复杂的："艾黎不愿意离开培黎学校，他很难相信学校不再需要自己了。尽管如此，他显然无法继续待在山丹了，甚至在那里退休也不行"（Brady, 2002: 57）。可以看出，离开有着自己"最为丰富和快乐的经历"（Alley, 2003: 232）的山丹培黎学校，远赴北京，并非艾黎所愿。资深编辑、翻译家符家钦在《流年絮语》中说，艾黎翻译的《历代和平时选》"译稿几十万字交朱光潜先生校订"（刘晓凤、王祝英，2009: 101）。此外，艾黎早期的翻译作品皆由新世界出版社出版。新世界出版社成立于1951年，隶属中国最早从事对外宣传工作的外文出版社。

艾黎早期的翻译作品如《历代和平诗选》《人民的声音》《反抗的歌声》选材上皆与当时的主流意识形态和外宣需要相契合：《历代和平诗选》共收录116首诗歌，除4首现代诗歌外，其余皆为古代诗歌，时间跨度从春秋时期至清代，皆与"和平"的主题相关，如《诗经》中的"击鼓""君子于役"，杜甫的"三吏""三别"等名篇。艾黎在序言中指出中国历代诗歌的主题"几乎都与和平相关"，字里行间透露出"人道主义精神，以及对自然和和平的热爱"（Alley, 1954a: iii）。《人民的声音》共收录89首诗，其中古代诗25首，现代诗64首，主题多与揭露旧社会剥削与表达新中国建设热情相关。艾黎在序言中明确指出，译作目的是让英语读者更完整地了解新中国，让他们知道中国将重新成为维护世界和平的主要力量（Alley, 1954b: iii）。《反抗的歌声》选译了67首太平天国运动相关诗歌、103首与捻军起义相关的诗歌，原诗题名艾黎并没有给出，但大多数译名都非常简单直白，如"Stupid Manchu Government""If You Don't Kill that Landlord, Then Don't Come Back"等。艾黎认为，读者可以从这些诗歌中看到20世纪二三十年代起中国革命事业中同样的革命热情（Alley, 1962b: i）。《杜甫诗选》是艾黎早期翻译的唯一的专题诗人译著，不过所选诗人杜甫是中国古代最伟大的现实主义作家，其诗歌以关心民间疾苦、揭露封建社会丑恶著称，与前几部译作的精神内核可谓是一脉相承。

1976年以后，艾黎开始了后期的翻译工作，陆续出版了《李白诗歌200首》《白居易诗选200首》《唐宋诗选》和《大路上的光与影》，并对《杜甫诗选》进行了修订。艾黎后期译作的意识形态印记没有早期作品那么强烈，特别是他对浪漫主义诗人李白作品的翻译，风格与之前的现实主义作品的风格似乎有些不一致：在艾黎的译笔下，李白作为浪漫主义诗人的形象被塑造成了一个关心民生、追求和平、反对战争的现实主义诗人。

从以上论述可以看出，艾黎对中国诗歌的翻译是典型的国家机构赞助下的翻译活动。他在中国的翻译活动与他五十年代接受中国政府的邀请，成为刚成立的亚太和平会议联络委员会委员密切相关。而且，他的翻译选材与他所在的工作岗位的性质一致，都是关于"和平"的主题。下面我们以艾黎英译李白诗歌为例，进一步探讨国家机构赞助下的李白诗歌翻译的选材特点、翻译策略及翻译风格，以及译者如何在翻译中重塑李白的形象。

3. 艾黎英译李白诗歌的选材特点、翻译策略及翻译风格

李白诗歌在西方世界的译介起步较晚，但产生了较广的影响。据王丽娜（2001）统计，1870—1980年间，用英语出版的、较有影响的李白诗歌译作共有72种，其中除林语堂、吴经熊和日本译者小畑薰良外，其他译者皆为欧美人士。这些欧美译者大多没有来过中国，有些译本甚至是从别的语种的译本转译的。相较这些译者，艾黎有着特殊的优势：他来自英语世界，在中国生活六十余载，亲身游历过李白生平所至、所写的大多数地方（Alley, 1981b: xvi），并且他在翻译过程中由于其独特的工作身份得到了不少中方专家的帮助（见3.2）。下面，我们主要探讨艾黎英译李白诗歌的选材特点及翻译特色。

3.1 李白形象的重塑与译者的翻译选材及翻译策略

李白是中国古代伟大的浪漫主义诗人。不过在艾黎眼中，李白的作品融合了浪漫主义和现实主义，并且和同时期的伟大诗人杜甫一样，李白和人民保持了密切的联系（Alley, 1981b: xv）。艾黎指出，李白并非人间疾苦的冷眼旁观者，而是始终生活在人民中的一分子（同上：xvii）。赵朴初在为艾黎《李白诗歌 200 首》所作的序中，指出了艾黎对李白的理解和选材的独特之处：

> 译者显然是想使他的读者能够看到一个在当时社会中和人民中活动着的李白，而不是被传说所误解了的一个超出尘世、遨游太空的"谪仙人"。在序言中，他明白指出李白的诗风是浪漫主义与现实主义相结合。因此，我感到他选译的标准与其他某些李诗的译者也颇有相异之处。……其中有讽谕，有忧愤，有感慨，有议论，方面极多，态度极为严肃，绝无对国事民生漠不关心的虚无主义气息。……此外，不少关心国事安危，民生疾苦的作品，如《战城南》《豫章行》《丁都护歌》等等，还有许多赠寄酬答之作，**实际都牵涉到时事与民生问题。这类作品在译本中都给予了相当地位。**（同上：xii，作者强调）

可以看出，艾黎对李白关注的重点是李白作品中的现实主义成分，这与他一贯的翻译选材标准相符。其实，艾黎第一本译作《历代和平诗选》中收录的李白的九首诗歌也都是与边疆、思乡等话题相关的作品，与全书的主题相呼应。《历代和平诗选》所收录李白诗歌的原标题与译文标题如表 1 所示。

表 1

中文标题	英文标题
战城南	War

（续表）

中文标题	英文标题
秋思	Autumn Thoughts
关山月	Looking at the Moon
塞下曲（其四）	Autumn Sadness
塞下曲（其五）	Autumn on the Frontier
子夜吴歌（其三）	Evening Song
子夜吴歌（其四）	On a Winter's Night
蜀道难	Down into Szechuan
古风（其三）	The Result

从标题可以看出，艾黎对李白的诗歌译介侧重挖掘作品的现实主义层面，不同于传统上的观点即李白是浪漫主义诗人。艾黎作为一名共产党员和中国人民的老朋友，为中国革命事业奉献了六十载，他对中国和中国人民有着深厚的感情。"我从来都只是为普通人的事业效力"（Alley, 1984: 235）。这也注定了艾黎笔下的李白会是一个更"接地气"的李白。

更值得注意的是，艾黎还通过译者序言等方式突出了他所译介的李白与以往西方译者所塑造的李白形象有着很大的不同。传统上，李白好饮酒、放浪形骸的形象往往被译者刻意甚至夸张地塑造，如日本译者小烟熏良在其《李白诗集》的序言中如是写道：

> 世间万物都转瞬即逝，这种认识为他（引者按：指李白）失意的人生带来了安慰，同时，也征服了他狂放不羁的心。……莎士比亚在成熟时期才对"高耸入云的塔楼、宏伟辉煌的宫殿"产生难固易逝的认识，而李白在早年就已经为此所深深困扰。这种忧虑的情绪贯穿在他的诗歌中，他许多表现痛饮和作乐的作品也响着忧郁的调子，甚至当他在宴席上纵情欢歌的时候，也会流露内心哀伤的思绪，吟唱"古来万事东流水"。（转引自邬国平、邬晨云，2009：195）

艾黎特意在自己译作的序言中对有关李白嗜酒的种种传闻进行了反驳：

> 或许人们过多关注了李白对酒的热爱，而忽略了这位下笔如有神的诗人本身。唐朝时的酒皆为家酿，在南方很多地区，当时人们喝的酒不过就是今天的米酒。尽管唐朝以前中国就有饮酒传统，但人们只是在非常有限的地区饮酒。李白时代的酒不可能有今天的酒这么高的酒精含量。然而谈论酒确实是那个时代诗人的风气。唐朝并非一个特别推崇儒教的年代，因此有关酒色的讨论较为流行。（Alley, 1981b: xvi）

艾黎这段有关"酒"的考证多少有点"醉翁之意不在酒"的意味。李白喜爱饮酒是不争的史实。以往译者在译介李白时强调李白的嗜酒，其所塑造的李白形象往往着重强调诗人放浪形骸的一面；而艾黎则有意强调李白作为现实主义诗人的一面，特意对其嗜酒的传闻进行考证与澄清，强调李白是一位清醒的、有现实关切的诗人。把超凡飘逸的"谪仙人"拉回现实，成为"人民的朋友"，是艾黎翻译李白诗歌的主要动机和目的之一。

此外，艾黎还通过对原诗歌进行改写、在部分诗歌译文后面添加背景知识以及发表译者个人感想等形式来塑造李白诗歌的现实主义成分。例如，在《蜀道难》一诗的译文后艾黎加了这样一条注释："任何去过四川省峡谷的读者都会理解这首诗；参加长征的中国红军战士也会理解这首诗。……译者在过竹索桥时吓得全身颤抖。"（Alley, 1954a: 50）

在这段注释中，艾黎由蜀道之难联想到红军长征，联系到自己过索桥时的胆战心惊，就所翻译的诗歌内容而言这些解释显然是多余的，但从一个侧面反映了译者强调这首诗歌与现实的关联，体现了译诗受到译者个人意识形态的影响。

下面我们再来看一下他所译的《蜀道难》最后一节在内容上的变动：

原文：
>朝避猛虎，夕避长蛇；
>磨牙吮血，杀人如麻。
>锦城虽云乐，不如早还家。
>蜀道之难，难于上青天，
>侧身西望长咨嗟！

译文：
>For we have slipped away
>from savage tigers, from
>treacherous snakes; from where
>men were chopped to bits like hemp
>with wild beasts chewing their flesh;
>therefore look we to the cities of Szechuan
>with longing; yet facing the reality
>of the road wonder if it were not better
>to turn back; harder to go on
>than to climb to heaven—then grimly
>facing the way forward
>we march again! (Alley, 1954a: 50)

原诗结尾一句"侧身西望长咨嗟"描绘了主人公"我"西望长叹的情形，但译文却体现了一种完全不同的意义和精神。译者使用复数"we"而不是"I"作主语，表达的是"我们"面临前方的险阻，依然决定"march again"。这样处理，给读者的感觉是"我们"指代的是人民；而且，结合译者给出的注释，甚至可能指"红军"。可以说，这里的翻译完全改写了原诗的主题，译诗展示了一种超脱语境的、略显奇特的革命乐观主义精神。

从上述分析可以看出，艾黎翻译李白诗歌时不论是篇目选择、对诗歌内容进行注释、译文后发表译者感想还是对原诗做的一些改动，都体现了译者个人及其所在机构强烈的意识形态特色，从而使传统上浪漫主义诗人李白变成了一个现实主义诗人，甚至在某种程度上还成为了中国革命建设事业的代言人。

3.2 译诗风格

汉诗英译大体可以分为三派：以韦利为代表的直译派，以翟里斯为代表的意译派，以庞德为代表的仿译派。直译派又进一步分为散体派和逐字翻译派，代表人物分别为华逊和巴恩斯通；意译派进一步分为诗体派和现代派，代表人物分别为登纳和艾黎；仿译派进一步发展为改译派，代表人物是雷洛斯（许渊冲，1991：35）。根据以上分类，艾黎被归入现代派译者。艾黎一生中翻译的大部分作品都是中国古代诗歌，其译文既不押韵，也不受格律、音步等限制，类似现代诗。茅盾认为其译文"风格独特，自成一体，……更像是一种再创造"（Alley, 1981c: 3）。赵朴初则指出：

> 一开卷，我就得了一个不平凡的印象，就是它的新颖的风格，完全摆脱了很多译者对中国诗歌体裁与英国诗歌格调的拘泥，例如绝句必须列为四行，律诗必须列为八行，杂言句法参差错落之处也要设法作相应的凑合，等等。艾黎先生干脆丢开这些，直接按照自己的特殊风格，用普通自然的口语，忠实地，委婉地，必要时曲折地把原诗的意思表达出来。（Alley, 1981b: x）

对于自己近似现代诗、直白口语化的翻译风格，艾黎一直有着自己的解释。1983年，艾黎在《翻译通讯》上发表了题为"有关翻译的几点意见"的文章，其中有如下一段话："如果译者试图使译文勉强押韵，或者使用晦涩的、学院式的语言，译文就会变得毫无味道。译者使用的语言绝不应该生搬硬凑，行文应该很自然，像溪水流过滚圆的石子一样。"（路易·艾黎，1983：41）

艾黎的诗歌翻译一直坚持了这一翻译风格，在他的其他译作的序言和回忆录中也曾多次表达这一观点（Alley, 1981b: xv; 1981c: 7-8; 1987: 253, 257）。就李白诗歌翻译而言，在1981版《李白诗歌200首》的封底，有如下介绍："选集里的诗歌翻译为的是大众阅读，这也是译者翻译这些诗歌的目的，旨在用最简单的语言真实翻译李白的诗歌，译出人民可以理解的诗人创作诗歌的精神"。这段文字与艾黎一贯的译诗主张和实践相契合。他译李白诗是为了"大众阅读"（popular use），故而选用"最简单"的语言译出，以传达原文"精神"，便于读者理解。

李白作为中国历史上最伟大的诗人之一，其作品自然属于经典作品之列。纽马克认为，对于个人风格独特的作品，以及历史上著名作家的经典作品，译者应使用"语义翻译"（semantic translation）处理，即译文贴合原文优先于考虑读者反应，因为这样的作品中往往字里行间就蕴藏着意义（Newmark, 2001: 45）。勒夫维尔表达了类似的观点，认为在处理地位较高的经典作品时，译者应成为一名"忠实译者"（faithful translator），贴合原文的语法和逻辑结构，而不使用任何当代语言形式（Lefevere, 1992: 49-50）。

艾黎用"简单语言"、现代诗体翻译中国古典诗歌，受到了中外一些专家的异议。许渊冲（1991: 41）认为艾黎译文诗行是"不押韵也不合理的流水句"（"broken into run-on without rhyme or reason"）。美国汉学家聂霍瑟（William Nienhauser）对艾黎译文的风格进行了批评，认为译诗中分段的形式"有违常规"（unorthodox）且"无意义"（senseless）（Nienhauser, 1981: 303）。

下面我们以艾黎翻译的《访戴天山道士不遇》为例，比较一下其译文与其他英语译者在处理诗歌音韵和形式方面的独特之处。

原文：

访戴天山道士不遇

犬吠水声中，桃花带露浓。
树深时见鹿，溪午不闻钟。
野竹分青霭，飞泉挂碧峰。
无人知所去，愁倚两三松。

译文 1：

Visiting a Taoist on Taitien Mountain

Amongst bubbling streams
a dog barks; peach blossom
is heavy with dew; here
and there a deer can
be seen in forest glades!
No sound of the mid-day
bell enters this fastness
where blue mist rises
from bamboo groves;
down from a high peak
hangs a waterfall;
none knows where he has gone, so sadly I rest,
with my back leaning
against a pine.

(Alley, 1981b: 2)

译文 2：

The Priest of T'ien Mountain

I hear the distant baying of the hound
Amid the waters murmuring around;
I see the peach-flowers bearing crystal rain,
The sportive deer around the forest fane.

The waving tops of bamboo groves aspire
In fleeting change the summer clouds to tire,
While from the emerald peaks of many hills
The sparkling cascades fall in fairy rills.

Beneath the pines within this shady dell,
I list in vain to hear the noontide bell;
The temple's empty, and the priest has gone,
And I am left to mourn my grief alone.

（查尔斯·巴德 Charles Budd 译，引自吕叔湘，2002：128-129）

Budd 使用了韵体翻译，艾黎译文则不押韵；Budd 的译文分句清晰，而艾黎译文的断句则比较随意，看不出明显的分行依据。从内容和用词来看，艾黎译文简单直白；如果把断行合并，几乎是对原诗内容的逐行释义。

就艾黎译诗随意分行这一鲜明风格特点，我们下面再比较一下他与庞德所译的《送友人》一诗：

原文：

送友人

青山横北郭，白水绕东城。
此地一为别，孤蓬万里征。
浮云游子意，落日故人情。
挥手自兹去，萧萧班马鸣。

译文 1：

Farewelling a Friend

Green hills arise
north of our city; white waters
stretch from its east, and we
herefarewellig each other;
you like a lone boat sailing
so far away, we both as bits
of cloud moving over the sky;
the sun will always set in that
west to which you go, never

allowing me to forget you; we
wave hands in parting, and then
your horse turns his head back
to me and whinnies, voicing too
his grief.

(Alley, 1981b: 216)

译文 2：

Taking Leave of a Friend

Blue mountains to the north of the walls,
White river winding about them;
Here we must make separation
And go out through a thousand miles of dead grass.
Mind like a floating wide cloud.
Sunset like the parting of old acquaintances
Who bow over their clasped hands at a distance.
Our horses neigh to each other as we are departing.

（埃兹拉·庞德 Ezra Pound 译，引自吕叔湘，2002：132）

艾黎与庞德的译文都采用了无韵翻译，但是庞德译文仅 9 行，而艾黎译文则达到了 14 行之多。如果以句为单位，两首译文其实都是 5 句。这再次反映了艾黎译诗分行时的"有意为之"。

从上面的分析可以看出，艾黎的译诗整体上具有以下特点：（1）语言平实简单；（2）不追求押韵；（3）分行随意，类似现代诗；（4）个人风格特征明显。这与他个人平时诗歌创作和翻译的思想以及写诗和译诗的目的都有紧密的关系。艾黎在传记中谈到他的个人诗歌创作原则时，曾明确写道，他写诗是为了抒发个人情怀，不追求诗歌的押韵。

我写诗的习惯实际上是抒怀的途径。形式参差不齐的诗句，随着我的手指拨动打字机的键盘，像阵风或火山般迸发出来。我把诗歌作为记叙我日常的事情和想法、描写使我感兴趣的人和地方的一种便利方法。……对我来说,只有写人民及其生活,诗歌才有意义,我从来不抱成为诗人的奢望。我的目标是用清晰、简明、直接的语言表达一种意境,不使用音韵技巧,不写学院式的冗长诗篇。(路易·艾黎,1987:243-244)

在谈到自己翻译中国诗歌的目的时,他说道,自己的译诗是要"用另一种语言表达出诗人的思想,**使英语世界的普通人能够看得懂**,不论他们是否有读诗的习惯或是否熟悉中国悠久的历史"(路易·艾黎,1987:245-247,作者强调)。"对我来说,最重要的是要能领会诗歌的意思。"(同上)这也是他坚持使用简单、明了的语言,追求"译文易懂"的根本原因。可以说,艾黎的诗歌翻译并不是为了在另一种语言中再现原诗的文学价值或美学价值,而是为了普通英语读者能够读懂和理解诗歌的意思,是一种"达意"的外宣翻译。所以,他的译诗显得有些"离经叛道"也就不足为奇了。

4. 艾黎译李白诗歌的海外接受情况

长期以来,西方翻译理论界认为母语译者的翻译质量更有保障,读者的接受效果也更好。艾黎翻译的李白诗歌的接受情况如何呢?我们利用 OCLC Worldcat 联机联合目录检索艾黎及其他知名翻译家所译李白专题作品被全球图书馆收录的情况[①],具体作品包括:艾黎,*Li Pai 200 Selected Poems*(《李白选诗两百首》);庞德(Ezra Pound),*Cathay*(《华夏集》)[②];韦利(Arthur Waley),*The Poetry and Career of Li Po*(《李白的诗歌与生平》);小畑熏良(Obata),*The Works of Li Po: The Chinese Poet*(《李白的

[①] 为避免遗漏,我们对 Li Pai, Li Po, Li Bai 三种译名及每位译者姓、名和姓名均进行了交叉检索,并对不同版本的结果进行汇总统计。
[②] 庞德所译《华夏集》(*Cathay*)严格意义上讲并非翻译李白的专著,但所收录 18 首诗歌中有 12 首为李白的作品,并在西方产生较大影响,因此进行统计比较。

作品：中国诗人》）；许渊冲，*Selected Poems of Li Bai*（《英译李白诗选》）（见表2）。

表 2

译者，译作	被收录的图书馆的数量	版本数
Ezra Pound, *Cathay*	1078	6
Obata, *The Works of Li Po: The Chinese Poet*	812	6
Arthur Waley, *The Poetry and Career of Li Po*	737	3
艾黎, *LiPai 200 Selected Poems*	74	2
许渊冲, *Selected Poems of Li Bai*	67	5

从被收录情况来看，除了中国本土译者许渊冲外，艾黎与国外其他知名译家有着较大差距：全球分别有1078家、812家、737家和74家图书馆收录庞德、小畑熏良、韦利和艾黎的译本。巧合的是，中国外文局主推的《熊猫丛书》系列从1981年开始陆续出版，但在西方世界的接受情况总体上看同样不甚理想（参见高方、许钧，2010；马会娟，2013；耿强，2014）。韦努蒂认为，翻译是对外语文本进行语言、文化价值刻写的过程，贯穿于译文生成、传播和接受的各个阶段，包括待译外语文本的选择、翻译策略的确立以及译文的出版、评论、阅读和讲授等诸多环节（Venuti, 1995: 9-10）。翻译作品的传播与接受是一个经典化建构的过程。通过以上全球图书馆对李白译诗的收录情况大致可以反映出李白诗歌在国外的接受和传播情况。

5. 结语

目前在世界范围内，翻译研究在很多领域都取得了很大成就，但是国家机构翻译仍是"翻译理论研究中缺失的一个成分"（Mossop, 1988:

65）。本文研究了国家机构赞助下的艾黎对李白诗歌的翻译，得到以下初步发现：（1）从翻译选材来看，国家机构赞助下的译者并不是出于个人兴趣从事翻译工作，而是取决于国家机构赞助翻译的目的。（2）译介活动受国家和个人的意识形态因素操控痕迹明显，译作中的李白形象被一定程度改写，李白诗歌中的现实主义成分被放大。（3）译者虽然是译入母语，但由于译者个人独特的诗学观（为"大众阅读"），译者翻译时坚持了自己独特的译诗风格，译作突显了较强的个人色彩，一定程度上偏离了原诗的意义，背离了原诗的旨趣和精神，译作的接受和传播情况一般。

"文变染乎世情，兴废系乎时序。"艾黎对李白诗歌的译介折射出了时代的烙印与变迁，也体现了翻译过程中赞助人、意识形态等多重因素的合力作用。作为一个特殊而有趣的个案，艾黎对李白诗歌的译介对国家机构赞助翻译，以及对我们今天研究中国文学外译、中国文学形象构建均有一定的启示。

【参考文献】

Alley R. *Peace Through the Ages* [M]. Beijing: New World Press, 1954a.

Alley R. *The People Speak Out* [M]. Beijing: New World Press, 1954b.

Alley R. *The People Sing* [M]. Beijing: New World Press, 1958.

Alley R. *Poems of Revolt* [M]. Beijing: New World Press, 1962a.

Alley R. *Tu Fu Selected Poems* [M]. Beijing: New World Press, 1962b.

Alley R. *Bai Juyi 200 Selected Poems* [M]. Beijing: New World Press, 1981a.

Alley R. *Li Pai 200 Selected Poems* [M]. Hongkong: Joint Publishing Co, 1981b.

Alley R. *Selected Poems of the Tang and Song Dynasties* [M]. Hongkong: Joint Publishing Co, 1981c.

Alley R. *Light and Shadow Along a Great Road* [M]. Beijing: New World Press, 1984.

Alley R. *Rewi Alley: An auto biography* [M]. Beijing: Foreign Language Press, 2003.

Brady A. M. *Friend of China: The Myth of Rewi Alley* [M]. London: Routledge Curzon, 2002.

Chapple G. *Rewi Alley of China* [M]. Auckland: Hodder and Stoughton, 1980.

Lefevere A. *Translation, Rewrting and the Manipulation of Literary Fame* [M]. London & New York: Routledge, 1992.

McDougall B. S. *Translation Zones in Modern China* [M]. New York: Cambria, 2011.

Mossop, B. Translating institutions: a missing factor in translation theory [J]. *TTR*, 1988, 1(2): 65–71.

Newmark P. *Approaches to Translation* [M]. Shanghai: Shanghai Foreign Language Education Press, 2001.

Nienhauser W. Book Review: "Li Bai: 200 Selected Poems" by Rewi Alley [J]. *Chinese Literature: Essays, Articles, Reviews*, 1981, 3 (2): 302–303.

Venuti L. Translation and the Formation of Cultural Identities [A]. In Schffner C & Kelly-Holmes H (eds.). *Cultural Functions of Translation*. London: Multilingual Matters, 1995: 9–10.

Waley A. *The Poetry and Career of Li Po* [M]. London: G. Allen & Unwin, 1950.

查明建．文化操纵与利用：意识形态与文学经典的建构——以20世纪五六十年代中国的翻译文学为研究中心 [J]．中国比较文学，2004（2）：86-102.

高方，许钧．现状、问题与建议——关于中国文学走出去的思考 [J]．中国翻译，2010（6）：5-9.

耿强．中国文学走出去政府译介模式效果探讨——以"熊猫丛书"为个案 [J]．中国比较文学，2014（1）：66-77.

刘晓凤，王祝英．路易·艾黎与杜甫 [J]．杜甫研究学刊，2009（4）：95-108.

路易·艾黎．关于翻译的几点意见 [J]．中国翻译，1983（4）：41-42.

路易·艾黎．路易·艾黎自传 [M]．中国人民对外友好协会路易·艾黎研究室译．兰州：甘肃人民出版社，1987.

吕叔湘．中诗英译比录 [M]．北京：中华书局，2002.

马会娟．英语世界中国现当代文学翻译：现状与问题 [J]．中国翻译，2013（1）：64-69.

马会娟．中国文学英译的两种模式研究——介绍 Bonnie S. McDougall 教授的新作《现代中国翻译区》[J]．东方翻译，2013（1）：89-92．

王丽娜．李白诗歌在国外 [J]．纪念李白诞生 1300 周年国际学术研讨会，2001．

邬国平，邬晨云．李白诗歌的第一部英文译本——小畑薰良译《李白诗集》、译者与冯友兰等人关系及其他 [J]．江海学刊，2009（4）：92-98．

熊霜晓．从阿瑟·韦利和斯蒂芬·欧文看李白的西方形象 [J]．合肥工业大学学报（社会科学版），2013（3）：95-99．

许渊冲．Developmemnt of Verse Translation [J]．外国语，1991（1）：41-45．

霍克思翻译《红楼梦》的理念践行

——从霍克思对邦斯神父英译《红楼梦》的意见谈起

1. 引言

　　克里蒂娜·赵（Chritina Chau）在其博士论文中指出，在霍克思的《〈红楼梦〉英译笔记》里，1971 年 8 月 28 日有一条记录：译者就邦斯神父的《红楼梦》翻译问题答复企鹅出版社的汉斯里克（Hanslick）女士（2019：50）。此时企鹅出版社拿到了邦斯神父的《红楼梦》翻译手稿，正在考虑是否取消跟霍克思和闵福德的翻译出版协议。Chau 指出，实际上，早在 1967 年，霍克思就在给企鹅出版社的一封信中，对邦斯神父翻译的《红楼梦》手稿进行过分析，坦诚地指出了邦斯神父译文中存在的问题。Chau 认为这封信"意义重大"，因为此信是霍克思在动手翻译《红楼梦》之前，首次明确向出版社公开阐述他本人对《红楼梦》翻译的看法，揭示了他的翻译方法（Chau, 2019: 50）。而且，在这封信件中，霍克思在指出邦斯神父译文的问题时，还给出了自己的翻译，这些翻译充分揭示了霍克思后来翻译《红楼梦》的翻译方法和翻译理念。

　　邦斯神父（Bramwell Seaton Bonsall, 1886—1968）1911 年至 1926 年曾在中国传教，是第一个将《红楼梦》全文翻译为英文的译者，其手稿目前收藏在香港大学图书馆，其电子版可以在线获得。1967 年，霍克思应牛津出版社主任彼得·苏特克里夫（Peter Sutcliffe）的邀请，对其手稿译文进行审阅。霍克思的这封信在被闵福德 2019 年发现之前,一直尘封在企鹅出版社世界经典文学档案。之后由闵福德的博士 Chritina Chau 在其博士论文中全文引用(Chau, 2019: 50–53)。本文将 Chau 博士论文中的这封邮件节选进行翻译,根据霍克思给出的关于邦斯神父英译《红楼梦》的意见,并结合他翻译《红楼梦》的随笔和工作日记《〈红楼梦〉英译笔记》(下文简称《笔记》),分析霍克思翻译《红楼梦》的理念及其在翻译实践中的践行。

2. 霍克思写给企鹅出版社的信:关于邦斯神父英译《红楼梦》的意见

1967 年 12 月 31 日,霍克思给企鹅出版社关于邦斯神父译文的意见答复节选翻译如下:

> 对于邦斯神父英译的《红楼梦》,我苦恼地思考了很长时间。《红楼梦》是一部长篇小说,而邦斯神父对小说进行了完整的翻译。我试图说服自己,如果译者后来对译文进行了认真严格的修改,其译文也许会好些。但是问题是,我越审视译稿,越觉得这部小说必须完全重译。

> 我想说的是,邦斯神父本人不是翻译《红楼梦》的合适人选,他的翻译也是不合格的。对我来说,指出他人的翻译问题是不地道的、毫无意义的,特别是此人刚刚完成了一项无论怎么说都是很了不起的工作。对于从汉语译为英语的小说,邦斯神父的翻译不是很差。只是邦斯神父作为译者来翻译《红楼梦》这部伟大的作品并不是一个合格的人选。为什么他选择翻译《红楼梦》呢?《红楼梦》是一部富有趣味的小说,是迄今中国文学作品中写得最优秀的作品,它的翻译不仅需要译者的学识,也需要译者对文字的敏感——如果《红楼梦》译成英文后仍不失其为一部伟大的文学作品的话。然而,遗憾的是,邦斯

神父的译文却是完完全全、彻头彻尾的失败，其译笔是维多利亚教书匠式的、业余的、缺乏文学趣味、语言过时、翻译腔重，语言表达造作且不自然。

下面我尝试对邦斯神父的译文作一简单分析。假若译者没有翻译《红楼梦》中众多的诗词曲赋，没有翻译那些晦涩难懂、辞藻华丽的段落描写，这是完全可以理解的。然而，对于《红楼梦》中丰富多样而且忠实于现实生活中人物语言的描写，邦斯神父毫无疑问在以下两个方面是个不合格的译者：他既不了解北京话，也没有很好驾驭英语口语表达。原著中充满着令中文读者忍俊不禁的生动描写，准确地再现了人物的讲话风格；而邦斯神父译笔下的人物所讲的语言却都不是人话，因为自创世纪以来，还从来没有人这么说话！例如：

中文原文：

李贵道："不怕你老人家恼我：素日你老人家到底有些不是，所以这些兄弟不听。就闹到太爷跟前去，连你老人家也脱不了的。还不快作主意撕掳开了罢！"宝玉道："撕掳什么？我必要回去的！"秦钟哭道："有金荣在这里，我是要回去的了。"

邦斯神父的译文：

233 页　Li Kuei said: 'I am not afraid, Sir, if you are angry with me. You, Sir, after all are habitually at fault in some respects. Therefore if these brothers pay no heed and the matter is taken up before the Master, even you, Sir, will not escape. Why not be quick and decide to clear the matter up?' Pao-yü said: 'Clear what matter up? I'm certainly going back.' Ch'in Chung cried and said: 'So long as Chin Jung is here I want to go back.'

李贵是宝玉的仆人，他批评学堂代理老师贾瑞，因为正是由于他的无能和不讲道德才使得众顽童不服管束大闹学堂。宝玉也因他的朋友秦钟在这场混战中受伤而被卷入其中。

这段翻译应该是：

译文1：

'Well, if you don't mind my saying so,' said Li Kuei, 'it's because you've been to blame yourself in the past that these lads won't do what you tell them to now. So if today's business does get to the ears of your grandfather, you will be in trouble too, along with all the rest. If I were you I should think of some way of sorting this out as quickly as possible.' 'Sort it out nothing,' said Pao-yü. 'I'm going home.' 'If Chin Jung stays here, I go home,' wailed Ch'in Chung tearfully.

译文2：

'If you don't mind my saying so,' said Li Gui, 'it's because you've been to blame yourself on past occasions that these lads won't do what you tell them to now. So if this business today does get to the ears of your grandfather, you'll be in trouble yourself, along of all the rest. If I were you, sir, I should think of some way of sorting this out as quickly as possible.'

'Sort it out nothing!' said Bao-yu. 'I'm definitely going to report this.'

'If Jokey Jin stays here,' wailed Qin Zhong tearfully, 'I'm not studying in this school any longer.'

这里我只是随手翻译而已，完全可以译得更好一些。我相信你现在可以明白这段文字的意思了，虽然我不确定你是否能够读懂邦斯神父的翻译。我敢保证的是，邦斯神父的译文通篇都是如此，而且我这里挑选的译文还不是最差的。邦斯神父的英语口语书面表达能力由此可见一斑。

下面再选取几个例子来看一下邦斯神父的中文理解能力：

（1）汉语中的副词"快"肯定带给他不少烦恼。可以肯定的是，汉语中的"快"跟英语中的"quickly"是对应词，譬如"快给我一杯酒"=quick, give me a beer。然而，这个词同时也是一个特殊的地道中文表达，有否定的含义，如：快不＝"for goodness' sake don't"'Please don't…''You really mustn't…等等。然而，对于"快"这个极为普通的中文表达邦斯神父根本不懂。例如下面两句话的翻译：

"快别吃那冷的了。"
204 页 不是 'Be quick. Don't drink that cold'
应该是，'You really oughtn't to drink it cold, you know'

"求姑奶奶快别去说罢！"
211 页 不是 'Quick don't mention them'
应该是，'For goodness sake don't mention them.'
（218 页，'Please, my dear, I beg of you not to speak to them about it!'）

（2）汉英译者应该掌握一些最基本的中文表达。遗憾的是，邦斯神父根本不懂中文反问句的使用，在英语中我们一般使用否定表达。例如：

中文原文：
那贾敬闻得长孙媳妇死了，因自为早晚就要飞升，如何肯又回家染了红尘将前功尽弃呢。故此并不在意，只凭贾珍料理。

邦斯神父的译文：
292 页 When Chia Ching heard that the wife of his eldest grandson was dead, because he thought that he himself sooner or later was going to wing his flight on high, how should he be willing to come back home to infect himself with the 'red dust' and so completely undo his previous merit?

这段的意思实际上是（不论您是否相信）：
Nothing would induce Chia Ching to return home for the funeral

of his grandson's wife. Immortality was within his grasp and he was not going to impair his hard-won sanctity with the taint of earthly pollution.

另外，我前面提到《红楼梦》一书中有大量的诗词，而邦斯神父翻译的诗词却几乎毫无意义。

中文原文：
训有方，保不定日后作强梁。

邦斯神父的译文：
28 页 Although the instruction is methodical, It cannot be guaranteed that afterwards he will be a stong beam

实际上这里的意思是：
And who can be sure that the well-trained child Won't grow up to be a bandit?

或者，29 页这个荒诞的错误：

中文原文：
甚荒唐，到头来都是"为他人作嫁衣裳"。

邦斯神父的译文：
To bring the matter to a head
It is all a case of making bridal garments for another

这里的实际意思是：
Ah vanity! For, when all's said and done, We're all like the girl who makes a wedding gown For another bride to wear.

在有关性描写的翻译方面,很难说邦斯神父到底是无知还是不好意思。例如:

中文原文:

金荣笑道:"我现拿住了是真的。"说着又拍着手笑嚷道:"贴的好烧饼!你们都不买一个吃去?"

邦斯神父的译文:

225 页 Chin Jung laughed and said, 'I have caught you now and that's the truth.' As he spoke, he clapped his hands and laughed with a loud voice saying: 'Eating together hot cakes. Don't you all go and buy one to eat?'

很明显,译者不清楚这里的"贴烧饼"是 18 世纪北京俚语,指同性恋。

在后面的翻译中,邦斯神父应该能够清楚地理解原文中人物说的是粗话,但是他却对其避而不译。例如:

中文原文:

这里茗烟走进来,便一把揪住金荣问道:"我们肏屁股不肏,管你相干?横竖没肏你的爹罢了!说你是好小子,出来动一动你茗大爷!"

邦斯神父的译文:

Here Ming-yen walked in, grabbed hold of Chin Jung, and shouted some abusively indecent remarks at him and said: 'You are a good little boy. Come out and have a round with your Lord Ming.'

而这里的意思实际上却是:

At this point Ming-yen strode in and grabbed hold of Chin Jung. 'Whether we fuck arseholes or not, what the fucking hell has it got to do with you? You should be bloody grateful we haven't fucked your dad. Why don't you come and fight with me if you think you're so great?'

邦斯神父如果担心这里的脏话玷污了他，完全可以采用省略的方法；而他采取的歪曲原文的翻译方法似乎完全对不起作者。

如果一部小说中的人物多达几十个，翻译好人物的名字就显得尤其重要。然而，邦斯神父的译文里，有时保留了小说中人物的中文名字，有时却又翻译了一些人物的名字。我不喜欢一部作品中的名字一半是罗马字符一半却是在名字下面划横线（例如'Feng-chieh'）。另外，我认为邦斯神父可能不理解小说中一些称呼的含义（非常肯定的是，他不知道"大爷"和"太爷"的具体所指）；我也不喜欢他对人名所采用的翻译方法（为什么把薛姨妈翻译成'Aunt Hsieh'，而把李奶奶翻译成'Li nannie'?）。可以说，只是修改邦斯神父英译《红楼梦》中人物的名字就需要这部作品重新翻译。

以上是对霍克思信件的翻译。从以上信件内容来看，霍克思明确表明了自己的翻译思想，指出翻译《红楼梦》的译者需要注意以下四个方面：

（1）《红楼梦》的翻译需要准确理解并再现小说中人物语言的口语特点；

（2）《红楼梦》的翻译需要忠实于原文，对作者负责；

（3）小说中的诗词和一些语言华丽的段落是《红楼梦》翻译的难点；

（4）《红楼梦》中一百多个人物的名字的翻译非常重要，需要遵循一定的翻译准则。

3. 霍克思的《红楼梦》翻译理念及其在《〈红楼梦〉英译笔记》中的实践

下面我们依据《笔记》，进一步探究霍克思的翻译理念，并分析其在翻译准备阶段是如何践行自己的翻译理念的。

3.1 再现人物话语的口语化特点

美国哈佛大学海韬玮（Robert Hightower）教授在收到霍克思翻译的《红楼梦》（第一卷）时回信说："谢谢你送给我你翻译的《红楼梦》，这段时间我一直在愉悦地拜读你的大作，对你钦佩不已。你真的做到了——这部中国作品读起来像小说，而不是一部烦琐的、难以让英语读者认真读下去的中国作品"（"Thank you for the Stone, I have been reading it with delight and admiration. You have really done it, made it read like a novel and not an elaborate piece of chinoiserie impossible to take seriously."）（Chau, 2019: 20）。

《红楼梦》最吸引人的不仅仅是小说的内容和故事情节，还有其高超的语言艺术，其中最鲜明的特色是人物语言的生动性。在翻译《红楼梦》的过程中，为了准确再现人物的语言特点，霍克思对于不熟悉的人物口头语进行了认真查证。例如，二十七回中赵姨娘抱怨探春给宝玉做鞋："正经兄弟，鞋塌拉袜塌拉的没人看见，且做这些东西"。在《笔记》中，霍克思对"鞋塌拉袜塌拉"的理解进行了记录，内容转录如下：

> 北京……鞋踢拉襪塌拉＝人衣履不整
> (e.g. 你这么……的，怎么见人？) Presumably
> 鞋搭[塌]拉襪塔拉 is the same expression.
> 小說……says 鞋塌拉袜塌拉＝鞋袜敝旧

根据《笔记》，霍克思查找了《北京话语汇》和《小说词语汇释》两部专门的中文书籍来理解"鞋塌拉袜塌拉"这个口语的意思（Chau, 2019: 104）。

霍克思在金受申编写的《北京话语汇》里，查到"鞋踢拉襪塌拉"的条目如下：

鞋踢拉襪塌拉，形容人衣履不整。例如："你这么鞋踢拉襪塌拉的，怎么见人"。鞋踢拉也可以说"鞋塌拉"。《红楼梦》："正经兄弟，鞋塌拉袜塌拉的没人看见。"塌拉和羁来、拖拉含义相同。

在陆澹安编写的《小说词语汇释》里，霍克思查阅的"塌拉"的条目如下：

塌拉，敝旧不整的形容词。【例】（《红楼梦》二十七）正经兄弟，鞋塌拉袜塌拉的没人看见，且做这些东西。

由此可见，霍克思通过查阅这两本书对"鞋塌拉襪塌拉"的解释，得出了"鞋踢拉襪塌拉"和"鞋塌拉襪塌拉"表达的意思相同，都是指"人衣履不整""鞋襪敝舊"。在正确理解的基础上，霍克思将"正经兄弟，鞋塌拉袜塌拉的"译为"her own natural brother so down at heel"。译文没有拘泥于原文的"鞋袜"，而是使用地道的英语口语表达"down at heel"，生动再现了赵姨娘对探春的抱怨。

3.2 对作者、对原文负责和对读者的关怀

霍克斯在第一卷译本前言中表示："我恪守的原则就是力求翻译'一切'——甚至双关。因为这虽然是一部'未完成之作'，但却是一位伟大的艺术家用他的全部心血写成的。因此，我认为，书中的任何细节都有其目的，如果我能够将这部中国小说带给我的欢乐传递给英语读者哪怕是一小部分，我也就不枉此生了。"（Hawkes, 1973: 46）在第二卷的引言中，霍克思又指出：由于原文和译文的读者对象不同，西方读者要能够读懂《红楼梦》，译文中需要增加一些解释性翻译（Hawkes, 1977: 17-18）。以上引用表达了霍克思翻译《红楼梦》的基本理念：既要忠实于原文，对作者、对原文负责；又考虑到了英语读者对译文的理解和接受能力。下面，我们从霍克思《笔记》中有关宫缎、"笔锭如意"和"吉庆有馀"锞的资料查阅来阐述译者的翻译决策过程。例如，在十八回中，元春省亲时赏赐给贾母的礼物包括：金玉如意各一柄，沉香拐杖一根，伽楠念珠一串，"富贵长春"宫缎四匹，"福寿绵长"宫绸四匹，紫金"笔锭如意"锞十锭，"吉庆有馀"银锞十锭。

为了准确翻译这些宫廷赐物，特别是"笔锭如意"和"吉庆有馀"锞，霍克思花费了大量时间和精力查阅了相关资料，并请教相关的中外文专家。《笔记》的20页、23页、24页、25页、26页、28页记载了霍克思查阅资料、理解原文和进行翻译的详细过程，扼要描述如下：

23 页记载了霍克思为了理解"笔锭如意"和"吉庆有馀"的寓意，参考了三本专著：美国学者舒尔勒·坎曼（Schuyler Cammann）著的 China's Dragon Robes（《中国龙袍》1952）；法国学者艾德欧得·查尔万斯（Edouard Chavannes）的 L'expression des Voeux Dans l'art Populaire Chinois（《中国通俗艺术中祝福语表达形式》1901）；日本学者 Seikiu Nozaki（野崎诚近）的 Kissho Zuan Kaidai（《吉祥图案题解》1928）。

在 24 页，他又列举了七本书，并依据阿道夫·哈克曼（Adolf Hackmack）的 Chinese Carpets and Rugs（《中国地毯》1924）一书中的插图第 27 图，绘制了一幅"笔锭如意"图（如下），以帮助自己更好地理解中文四字词组所包含的三个物品（笔、锭、如意）以及它们暗含的寓意"必定如意"。

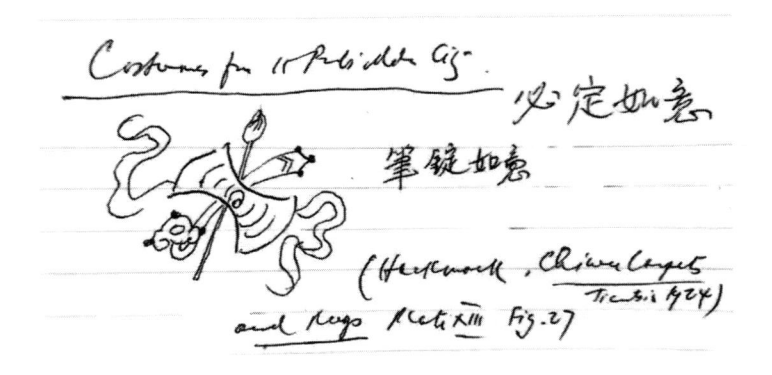

在 25 页，译者根据中国学者林汉杰的《民间蓝印花布图案》（1954），又绘制了一副"吉庆有余"图（如下）。

26 页同样是根据林汉杰的《民间蓝印花布图案》,霍克思绘制了三幅图,其中的"平安吉庆"图与译者对"吉庆有余"的理解相关。

28 页,霍克思记载了《故宫博物院藏清代织绣图案》(1959)一书,并根据该书目录列举了包括"富贵如意"在内的十余个图案名称。

在第 20 页,霍克思写道:"收到郑德坤的信,他提供了很多书目",同时又列举了五本书名及相关出版信息,其中三本是中文,两本是英文。

从以上 6 页的《笔记》内容可以看出,霍克思为了准确理解和翻译元春赐给家人的宫缎和金银锞,做了大量的资料查询和研究工作。他不仅利用自己通晓多种语言的便利,查询了英语、法语、日语、中文等不同语种的相关图书资料,还请教中国专家郑德坤,获取了更多的中文资料。在资料查证的基础上,译者绘制了"笔锭如意"和"吉庆有馀"两幅图,并根据所绘制的图,将这两个富含文化信息的四字词语翻译如下:

"笔锭如意"紫金锞十锭 译为:

> ten medallions of red gold with a design showing an ingot, a writing-brush and a sceptre (which in the riddling rebus-language used by the makers of such objects meant 'All your heart's desire')

"吉庆有馀"银锞十锭 译为:

> ten silver medallions with a design showing a stone-chime flanked by a pair of little fish (carrying the rebus-message 'Blessings in abundance')

另外,霍克思将"富贵长春"宫缎四匹,"福寿绵长"宫绸四匹分别译为:

four lengths of 'Fu Gui Chang Chun' tribute satin
four lengths of 'Fu Shou Mian Chang' tribute silk

译者在翻译宫缎、宫绸时采用了汉语拼音音译的形式,可能认为 tribute satin 和 tribute silk 已基本表达这里的意义,因而省略了对"富贵长春"和"福寿绵长"这一名称的行文解释。另外,根据《笔记》26 页对"福寿三多"等文化四字词语的绘图（如下），也可能是霍克思认为这两个四字词语所表达的图案寓意并没有什么特别的文化涵义。

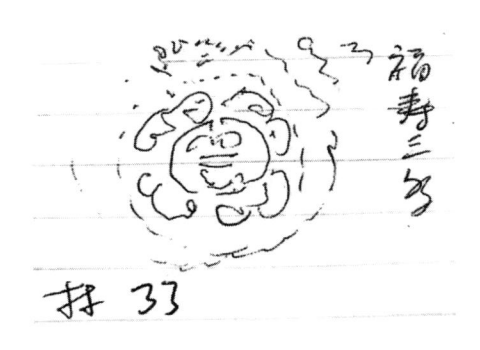

由上可见，霍克思在翻译《红楼梦》的过程中尽量忠实于原文的每个细节，特别是在翻译具有中国文化内涵的四字词语时，他更是不遗余力、不厌其烦地反复查证材料，绘制图画帮助自己正确理解这些中国文化符号的构成及其寓意，并在译文中对这些英语读者难以理解的地方进行了适当的解释性翻译。

3.3 诗词曲赋的翻译

范圣宇在校勘上海外语教育出版社出版的《红楼梦》双语版本时，注意到霍克思在翻译诗歌时有整段的改写。他猜测霍克思在翻译《红楼梦》时有可能是先译好了诗歌，然后再去译其他段落；而不太可能是先译好了这些段落然后按照给出的韵脚去译诗歌，因为这样的话翻译太被动，修改也更困难。《笔记》第 333 页记载了霍克思在翻译菊花诗时尝试使用各种不同韵脚（范圣宇，2015：296）。霍克思翻译《红楼梦》的手稿和《笔记》都证明了范圣宇的猜测是正确的：在翻译《红楼梦》时，霍克思首先翻译了小说中的诗词曲赋（包括游戏中引用的诗句），集中优先解决诗词翻译这一难点，具体体现如下：其一，在霍克思的翻译手稿里诗词的翻译基本上是定稿，没有大量的修改痕迹；与叙事内容相比，诗词的翻译显然是译者后期添加的。其二，《笔记》有四个部分组成，其中第四部分记录了霍

75

克思对诗词曲赋和引用的诗句的翻译理解、资料查证和翻译初稿。根据他所依据的《红楼梦》翻译底本的页码（人民文学出版社，1964），这一部分包括底本中从 322 页到 1023 页的诗词曲赋，具体包括两类：(1) 在《笔记》300 页到 390 页，霍克思抄录了《红楼梦》底本中的一些诗词曲赋，同时把这些诗词曲赋所涉及到的内容及典故出处进行了查找、考证、注释。(2) 其余则是《红楼梦》诗词曲赋的翻译初稿。例如，在《笔记》341 页，霍克思列出了四十回骨牌游戏中鸳鸯、贾母、薛姨妈、史湘云、宝钗、黛玉和迎春的酒令对答。下面我们以黛玉和鸳鸯的对答为例：

中文原文：

　　鸳鸯又道："左边一个天。"黛玉道："良辰美景奈何天。"宝钗听了，回头看着他，黛玉只顾怕罚，也不理论。鸳鸯道："中间锦屏颜色俏。"黛玉道："纱窗也没有红娘报。"鸳鸯道："剩了二六八点齐。"黛玉道："双瞻玉座引朝仪。"鸳鸯道："凑成'篮子'好采花。"黛玉道："仙杖香挑芍药花。"说完，饮了一口。

霍克思《笔记》中的内容转录如下：

代玉（"代"同"黛"）

左边一个天。　Sky on the left, the good fresh air

良辰美景奈何天。　And the bright air, the brilliant morn (270 页)

　　　　　　　　　　The brilliant morn feed my despair

牡丹亭

中间锦屏颜色俏。

纱窗也没有红娘报。西厢记 1/4 侯门不许老僧敲

　　　　　　　　纱窗外定有红娘报

剩了二六八点齐。

双瞻玉座引朝仪。杜甫　七律　**紫宸殿退朝口号**

　　　　　　户外昭容紫袖垂，双瞻御座引朝仪。

凑成'篮子'好采花。

仙杖香挑芍药花。

下面我们分析一下霍克思《笔记》中有关黛玉酒令的理解和翻译过程：在"良辰美景奈何天"旁边，译者记录着两个译文：第一个译文为"And the bright air, the brilliant morn（270页）"，是霍克思提醒自己二十三回中他翻译过相同的内容。二十三回中的相关内容如下：

原文：黛玉听了，倒也十分感慨缠绵，便止步侧耳细听。又唱道是："良辰美景奈何天，赏心乐事谁家院。"

译文：They moved her strangely, and she stopped to listen. The voice went on:

'And the bright air, the brilliant morn

Feed my despair.

Joy and gladness have withdrawn

To other gardens, other halls -'

《笔记》中的第二个译句"The brilliant morn feed my despair"似乎是霍克思打算采用的译文，因为鸳鸯的酒令"左边一个天"霍克思译为"Sky on the left, the good fresh air"，如果下句再出现"the bright air"，译文内容明显重复。另外，该译文旁边注明原词句出自《牡丹亭》。

对于黛玉对答的第二句"纱窗也没有红娘报。"霍克思进行了资料查找，并记录下这句话出自《西厢记》1/4："侯门不许老僧敲，纱窗外定有红娘报"，以准确理解黛玉引用诗词的意思。

黛玉的第三句"双瞻玉座引朝仪"，霍克思查到此诗句出自杜甫的七律《紫宸殿退朝口号》，具体是"户外昭容紫袖垂，双瞻御座引朝仪"，并进行了初译。正是在以上小心查证的基础上，霍克思将黛玉的酒令翻译如下：

'Sky on the left, the good fresh air,' said Faithful, putting down a double six.

'Bright air and brilliant morn feed my despair,' said Dai-yu. Bao-chai, recognizing the quotation, turned and stared; but Dai-yu was too intent on keeping her end up to have noticed.

'A four and a six, the Painted Screen,' said Faithful.

'No Reddie at the window seen,' said Dai-yu, desperately dredging up a line this time from *The Western Chamber* to meet the emergency.

'A two and a six, four twos make eight.'

'In twos walk backwards from the Hall of State,' said Dai-yu, on safer ground with a line from Du Fu.

'Together makes: "A basket for the flowers you pick",' said Faithful.

'A basket of peonies slung from his stick,' Dai-yu con-cluded, and took a sip of her wine.

'Four and five, the Flowery Nine,' said Faithful.

在出版稿中，"良辰美景奈何天"的译文与二十三回的译文一样，没有删掉 Bright air，可能译者考虑到诗词引用的前后一致性。另外，这句诗句的翻译颇为灵活，"良辰美景"译为 Bright air and brilliant morn，"美景"没有翻译，而是使用了 Bright air，译者可能考虑到了《牡丹亭》中杜丽娘花园散步时的心理感受："自由的空气"比"美景"更能体现杜丽娘此时此地的心情。

《红楼梦》中有关《西厢记》的引文显然不同于《西厢记》中的曲词（曹雪芹创作中的诗词借用很多情况下都是灵活运用）。出版译文忠实于《红楼梦》的引用，将其译为"No Reddie at the window seen,"同时添加行文解释"desperately dredging up a line this time from *The Western Chamber* to neet the emergency,"指出这句话出自《西厢记》，为后文四十五回宝钗批评黛玉引用"闲书"做铺垫。

同样，黛玉引用的"双瞻玉座引朝仪"，译文译为"'In twos walk backwards from the Hall of State,' said Dai-yu, on safer ground with a line from Du Fu"，译者也增加了行文解释，指出此处引用了杜甫的诗句，并跟前文黛玉慌不择句引用《西厢记》词句做对比，指出在这种情景下引用杜甫的诗句是当时社会可以接受的。

总之，以上诗词的翻译虽然是小说中人物酒令游戏时随口说的，但是霍克思为了译好这些诗词，不仅查出了这些诗词的出处，以便更好地理解和准确地翻译，而且《手稿》中这些诗词的初译及其修改也体现了译者为了译好酒令反复斟酌的过程。

3.4 译好人物的名字

《红楼梦》描写了宁荣两个贵族大家族从盛到衰的历史，小说中大大小小的人物有一百多个。正如霍克思在评价邦斯神父英译《红楼梦》时所指出的："如果一部小说中的人物多达几十个，译好人物的名字就显得尤其重要。"霍克思在翻译《红楼梦》时，对于人物名字的翻译可谓煞费苦心。为了便于英文读者的理解，他对小说中人物的名字进行了分类翻译：对贾府小姐名字的翻译采用汉语拼音（音译），而对丫鬟的名字则采用了意译；对僧道的名字使用拉丁语书写；而对大观园中的十二个女戏子则采用了法语的名字。在《笔记》中，霍克思对如何翻译这十二个女孩子的名字进行了思考，其内容转录如下：

> 不能把这 12 个女子的名字称作是 "mademoiselle"（小姐）。
> （《红楼梦》中）所有演员的艺名（不论男女）都是 X 官。
> 也许可以用 "Player X" 来译。
> 蒋玉函，男，小旦，艺名是琪官
> 最后决定用法语名（如 Charmante，Parfumee 等）
> 加前缀似乎过于啰唆累赘，演员的名字务必不要与丫鬟的名字混了。

根据张俊、沈治钧，《红楼梦》中的十二女戏子在小说中被称作龄官、芳官、藕官等，乃是当时戏剧界的社会习尚（2017：349）。霍克思翻译时注意到了这些女孩子的艺名（不论男女）都是以"官"结尾，他思考是否把她们的艺名统统译作 "Player X"，但是又感觉到这样译累赘、啰唆，而

79

且后面称呼她们时也有可能与丫鬟的名字混了，所以他最后决定采用法语名字来译这十二个优伶的名字，因为当时法国演员在英国的戏剧舞台上非常受欢迎，看到这些法语名字，读者可以联想到她们是演员（Chau, 2019: 178）。

然而，把优伶的名字译为法语名字是否妥当，霍克思在翻译后面的章节时仍有进一步的思考。在梨香院的十二个女孩子中，龄官和芳官是曹雪芹着力刻画的两个女子。三十回的"椿龄画蔷疑及局外"，描写了龄官画蔷的一个小故事。霍克思在翻译这一章时，对其前面将龄官的名字翻译为 Charmante 是否合适进行了思考，其内容转录如下：

> 椿龄可能是龄官的全名（或者是字！）。所以，译为 Charmante，严格说来是'误译'（椿龄：祝人寿考之词，国语词典）；但是（a）译为 Vivace 肯定使知识广博的读者认为你（译者）不懂法语（小旦被认为是活泼可爱而不是长寿的）；（b）Charmante 一看就是个法语词，不懂外语的英语读者可以很好地理解她的职业。最好还是译为 Charmante。
>
> 《红楼梦》回目的标题中给出她的名字似乎令人遗憾，因小说行文巧妙地隐藏了她的名字——最好在英语的回目中不要暴露她的名字。

霍克思对回目标题中出现的椿龄和正文中出现的龄官两个人名是否为同一个女子进行了思考，通过查找字典，指出自己原先的翻译（Charmante）是误译，但是他最后还是决定保留这个译名，因为从读者角度来看，Charmante 一看就是个法语词，而且不懂外语的英语读者可以很好地理解人物的职业。遗憾的是，霍克思打算在英文回目标题中不暴露龄官名字的目的在出版稿中并没有实现，这可能是由于原文标题是以对仗形式出现的，译文最好也予以保留。

从以上分析，我们可以看出，霍克思对于《红楼梦》人物名字的翻译非常认真，译名尽量既忠实原文又考虑到读者的接受。有时小说中的译名不忠实于原文并不是译者不了解人名的含义和寓意，而是出于对英语读者的照顾，使得他们在阅读时能够明白故事中的人物身份，了解人物之间的关系。

4. 结束语

霍克思的《红楼梦》不是学术性的翻译，但是为了译好《红楼梦》他做了大量的资料查证和研究工作。在1998年的一次访谈中，霍克思明确提到他是以一种完全不同的方式（不同于他翻译《楚辞》的学术型翻译）来翻译《红楼梦》的（Chan, 2001）。本文从霍克思对邦斯神父英译《红楼梦》的意见谈起，结合其《笔记》，从四个方面分析了霍克思的《红楼梦》翻译理念。《笔记》是霍克思翻译《红楼梦》的随笔和工作日记，是《红楼梦》翻译过程的真实记录。通过分析《笔记》中的大量翻译记录，我们可以看到霍克思尽量避免了邦斯神父译文的缺点，体现了译者翻译《红楼梦》所追求的目标——尽可能准确传神地译出原文中的"一切"；他用地道活泼的英语，把自己阅读《红楼梦》的乐趣传递给英语读者。正如霍克思的合作者——《红楼梦》英译本后四十回的译者闵福德所说："霍克思是当代最为优秀的汉英翻译家。他所翻译的《红楼梦》融'学术严谨'与'文学优雅'为一体"（Minford, 2000: XI）。张俊、沈治钧在新批校注《红楼梦》前言中写道："人世已无曹雪芹，神州幸有红楼梦"。这句话同样适宜《红楼梦》的译者霍克思：世间已无霍克思，英译幸有《石头记》（*The Story of the Stone*）。

【参考文献】

Chan Qi Sum, Connie. The Story of the Stone's Journey to the West: A Study in Chinese-English Translation History [D]. M. Phil. Thesis, Hong Kong Polytechnic University, 2001.

Chau, Chritina. Translators in the making: the work of David Hawkes in the making of the Hawkes-Minford translation of *The Story of the Stone:* with special reference to Hawkes' *Translator's Notebooks* [D]. Phd. Thesis, The Australian National University, 2019.

Hawkes, David. *The Story of the Stone*: A Translator's Notebooks [M]. Hong Kong: Center for Literature and Translation, Lingnan University, 2000.

Hawkes, David. *The Story of the Stone* (Vol 1) [M]. London: Penguin, 1973.

Hawkes, David. *The Story of the Stone* (Vol 2) [M]. London: Penguin, 1977.

Minford, John. Forward. David Hawkes. *The Story of the Stone*: A Translator's Notebooks [A]. Hong Kong: Center for Literature and Translation, Lingnan University, 2000.

曹雪芹.《红楼梦》[M]. 北京：人民文学出版社，2008.

曹雪芹（著），霍克思（译）.《红楼梦》[M]. 上海：上海外语教育出版社，2012.

范圣宇. 汉英对照版霍克思、闵福德译《红楼梦》校勘记 [J]. 红楼梦学刊. 2015（2）：296.

张俊，沈治钧. 新批校注《红楼梦》[M]. 北京：商务印书馆，2017.

基于《笔记》的霍译《红楼梦》翻译过程研究

——以第四十回的叙事内容翻译为例

1. 引言

  翻译家曹明伦认为："对于处于工作状态中的译者而言，翻译过程就是一种选择的过程。"（2021：176）译者翻译时"'就像在棋局之中，在翻译过程中的任何时刻……情势（具体语境）都会强迫译者必须在多个选项中做出选择。'（Levy, 2000: 148）……译者一旦进入工作状态，其所思、所虑，所忖、所量，不外乎就是对原文义项的抉剔，对译文措词的挑拣、对文体风格的甄录，对句型句式的取舍；而译者最后奉献给读者的译文，可以说是这番选择的结果。"（2021：176）然而遗憾的是，工作中的译者在翻译过程中具体如何选择词语，如何思考并解决翻译中遇到的难点，普通读者一般很难知晓，读者眼里所见到的只是"译者的选择结果（译文）"。如果译者在翻译工作中有记录自己的翻译问题和解决问题的习惯，保留自己的翻译笔记或翻译手稿等资料，研究者就可以通过这些一手资料来还原工作中的译者的具体翻译过程，探究译者翻译过程中都遇到了哪些翻译难题，又是通过怎样的方式解决这些问题的。这种基于原始资料的翻译过程研究，不仅能够还原译者的真实翻译过程，解密工作中的译者头脑的"黑匣子",加深人们对翻译活动的认识和对译者思维过程的了解,而且对具体的翻译实践有着切实的参考价值和指导意义。这种基于原始资料的翻译过程研究,还可以避免仅仅依靠出版的译作对译者的翻译思想、翻译方法和策略进行主观评价,有助于了解译作特别是像霍克思英译的《红楼梦》这样的经典译作的生成过程和历史,对于典籍外译有重要的参考价值。

霍克思是当代最为优秀的汉英翻译家之一。他所翻译的《红楼梦》融"学术严谨"与"文学优雅"为一体(Minford, 2000: XI)。除了他花费十余年时间翻译的三卷本《红楼梦》(前八十回)外,霍克思还留给世人两份极具研究价值的《红楼梦》翻译原始资料:《〈红楼梦〉英译笔记》和《红楼梦》翻译手稿。《笔记》是他翻译《红楼梦》的随笔和工作日记,记载了霍克思十余年间(1970年11月10日到1979年6月1日)翻译《红楼梦》过程中的点点滴滴,包括他对原文的理解和校勘,他遇到的翻译问题,为了解决翻译问题而对相关资料的查阅,以及围绕《红楼梦》的翻译跟出版社和朋友的联系等内容。《〈红楼梦〉英译笔记》由香港岭南大学文学与翻译研究中心在2000年出版,霍译《红楼梦》手稿现收藏于香港中文大学图书馆,目前可以从香港中文大学图书馆在线公开获得。这两份宝贵的原始资料为我们研究霍克思翻译《红楼梦》的过程提供了一手资料,可以帮助我们还原工作中的译者的翻译思维和翻译抉择过程,再现霍译《红楼梦》译本由初稿到终稿的生成和演变过程,还原霍译《红楼梦》经典译文的诞生过程。

本文拟以霍克思译《红楼梦》第四十回的叙事内容的翻译为例,根据霍克思的《笔记》和手稿,探索译者在翻译第四十回的过程中都遇到了哪些翻译问题,又是如何解决这些问题的,尝试还原霍克思英译《红楼梦》第四十回的生成过程,探究译文生成过程中译者遇到的难点及其解决方法。[①]

[①] 对《红楼梦》进行全译的最大困难之一是对小说中大量诗词曲赋的翻译。根据对《笔记》和翻译手稿的研究,发现霍克思在动手翻译《红楼梦》的具体章回之前,就已译完了其中的诗词曲赋部分。因篇幅关系,本文仅研究第四十回叙事内容的翻译。关于《笔记》中有关第四十回所引用的诗句以及酒令等文字游戏的翻译,另文详谈。

2. 霍克思《笔记》中关于四十回的翻译记录

《笔记》是霍克思翻译《红楼梦》过程的真实记录，主要是译者翻译过程中对原文感到难以理解或困惑的地方进行资料查证，对遇到的翻译难点寻求解决方法的思考记录。《笔记》中也有一部分内容是译者对《红楼梦》中出现的大量诗词曲赋及酒令等内容的抄录以及对这些内容的翻译初稿。《笔记》记录《红楼梦》第四十回中的相关翻译问题集中分布在两处：一处是140页到150页，记录了四十回中的六个翻译问题；另一处是340页到343页关于四十回中引用的中文诗词、酒令的抄录和资料查证以及279页和282页对这些内容的翻译初稿。由以上安排可以看出，《红楼梦》中的诗词曲赋等翻译难度大的内容是霍克思翻译过程中重点对待和集中优先处理的。

本节我们将按照时间顺序考察《笔记》140页到150页记录的相关内容，分析霍克思在翻译第四十回时遇到的翻译问题以及他对解决这些问题的思考过程及其解决方法。同时，根据需要，参考霍克思的翻译手稿和出版稿以考察其翻译难点和解决方法。

根据《笔记》记载，霍克思于1974年5月10日完成了三十九回的翻译初稿（140页），在5月23日他开始考虑第四十回中相关内容的翻译问题（140页）。6月26日，霍克思记录了四十回的翻译初稿译完（150页）。也就是说，霍克思翻译四十回的初稿大约用了一个多月的时间。在这一个多月的翻译笔记中，霍克思记录下了他翻译四十回时遇到的六个问题以及他解决这些问题的思考过程，具体如下：

（1）对"李氏站在大观楼下往上看着，命人上去开了缀锦阁"一句中的"缀锦阁"的理解和翻译。

《笔记》中的内容转录如下：

"小说其他地方写的都是'缀锦楼'（第十八回和二十三回），

85

但是十八回写的却是'阁楼'(gallery)（正楼曰'大观楼'，东面飞楼曰'缀锦楼'，西面叙楼曰'含芳阁'）。显然，这里用作储藏室。第二十三回中"缀锦楼"成了迎春的住所，但是迎春的别号是"紫菱洲"。459页（二十三回）的翻译是 the building on Amaryllis Eyoton，要避免混乱。

以上内容显示，霍克思在翻译四十回的"缀锦阁"时，想起了翻译十八回时译过"大观楼"东面的阁楼"缀锦楼"这个楼的名称（the Painted Chamber）；同时他也想起了二十三回中迎春分到的大观园住处是"缀锦楼"，但是霍克思觉得奇怪的是迎春的别号却是"紫菱洲"。霍克思之所以产生疑惑，与这两个名称在原文中的描写不够清楚相关。张俊、沈治钧评批的《红楼梦》（2017）中，在十八回和二十三回中分别解释了"缀锦阁""缀锦楼"和"紫菱洲"三者之间的关系。十八回的批注："此当为'缀锦阁'，与下句所云大观楼西面之'含芳阁'，两翼对称。'缀锦楼'，则在大观园西路中部之紫菱洲，别为一处，二十三回写迎春进园后居此"（342-343）。二十三回的批注："紫菱洲乃大观园西路园景之一，迎春具体居所，实是缀锦楼，位于紫菱洲，遂以之泛指迎春所住之处。"（434）霍克思在十八回将"缀锦楼"译为 the Painted Chamber，翻译四十回"缀锦阁"时仍译为 the Painted Chamber，这样就考虑到了译文名称的前后统一，避免了读者阅读译文时可能引起的名称混乱问题。

（2）对"未至池前，只见几个婆子手里都捧着一色捏丝戗金五彩大盒子走来"一句中"捏丝戗金五彩大盒子"的理解、资料查询和翻译。

原文：

未至池前，只见几个婆子手里都捧着<u>一色捏丝戗金五彩大盒子走来</u>，凤姐忙问王夫人早饭在那里摆。

手稿转录如下：

Before they had got to the waterside, a number of old woman approached, carrying large covered boxes — a set, apparently, for they are uniquely patterned with colored lacquer and inlaid gilded wax.

出版稿：

Before they had reached the water's edge, however, a number of elderly women approached, each bearing one of those large summer food-boxes of the kind they make in Soochow, with tops and bottoms of varicoloured lacquer-work delicately patterned in needle-engraving of gold, and panels of gilded bamboo basket-work in their sides.

霍克斯的手稿翻译中，"捏丝戗金五彩大盒子"的译文"a set, apparently, for they are uniquely patterned with colored lacquer and inlaid gilded wax."特别用红色划线标记出来。跟出版稿对比，可以发现终稿译文变动很大，显然译者对初稿翻译不满意，用红笔标出来提醒自己后面需要再次修改。

根据中国艺术研究院和红楼梦研究所校注的《红楼梦》（2008），四十回中"捏丝戗金五彩大盒子"的注释为："一种有窗孔的透气的漆捧盒，窗孔捏铜丝成纱状。'戗金'为漆器工艺之一，在深色漆地上，镂划出纤细的花纹沟槽，槽内涂胶，上粘金箔，呈现金色花纹。"（534）对照出版稿，可以看出译者终稿的翻译比手稿更具体和详细。《笔记》显示，霍克思为了准确理解和翻译"捏丝戗金五彩大盒子"这个文化词语，花费了大量时间和精力，查阅了六个与中国漆器相关的中法文参考资料。在6月17日

87

周一这则条目中,霍克思记录了他拟查阅的六个资料:

  L'art de Le Laquer (1936)《漆器艺术》
  Chinese export lacquer of the 17th and 18th century (1948)《17 和 18 世纪中国出口的漆器》
  Secrets of the Chinese lacquer story (1932)《中国漆器的秘密》
  Chinese Lacquer (1926)《中国漆器》
  Chinese Lacquer (1947)《中国漆器》
  Oriental Lacquer Art (1972)《东方漆器艺术》

  根据以上资料,霍克思又采用中英对照的形式列举了漆器工艺的 22 个术语,包括他所要查找的"戗金/戗银"(gold or silver needle engraving),并进一步记录下他对"戗金""泥金"和"描金"这三种工艺的不同理解。此外,他还考察了"彩漆圆食盒""编竹边描金漆长方盘"等 11 种漆器制品,包括与"捏丝戗金五彩大盒子"相关的词条:"戗金茶托"(fold-filled engraved design),"大捧盒"(food box)。从《笔记》查阅的资料可以看出,霍克思为了准确理解和翻译"捏丝戗金五彩大盒子"这个中国文化词语,花费了大量的心血。出版稿中,"捏丝戗金五彩大盒子"的译文"one of those large summer food-boxes of the kind they make in Soochow, with tops and bottoms of varicoloured lacquer-work delicately patterned in needle-engraving of gold, and panels of gilded bamboo basket-work in their sides."是译者对中国漆器进行大量调查的结果。

  (3)对贾母、王夫人等在缀锦阁底下吃酒的座次描述进行思考,提出了三个翻译所依据的底本,并最终采用了第三个底本。

  在 5 月 28 日周四的笔记条目中,译者写道:

  "上面左右两张榻……"这里有点奇怪(something is peculiar, this whole passage),整段描写在程本、乾原(原文如此,指乾抄)、庚辰、俞较(戚本)都不同。乾抄中王夫人是一榻、一椅一几,好像与后面

"一个上头放着一分炉瓶,一个攒盒"矛盾,与本章开始部分李纨从缀锦阁上搬下二十多张高几出来不符。"下面一椅两几,是王夫人的"好像与"东边刘姥姥"等人矛盾。(所以)建议翻译底稿为:

底稿 1:

1) 上面左右两张榻,东边刘老老,刘老老之下便是王夫人。西边便是湘云,第二便是宝钗,第三便是黛玉,第四迎春,探春惜春挨次排下去,宝玉在末。2) 每一榻前两张雕漆几,也有海棠式的,也有梅花式的,也有荷叶式的,也有葵花式的,也有方的,有圆的,其式不一。

底稿 2:

1) 上面左右两张榻,是贾母薛姨妈;东边刘姥姥,刘姥姥之下便是王夫人。西边便是湘云,第二便是宝钗,第三便是黛玉,第四迎春,探春惜春挨次排下去,宝玉在末。2) 榻上都铺着锦裀蓉簟,每一榻前两张雕漆几,也有海棠式的,也有梅花式的,也有荷叶式的,也有葵花式的,也有方的,有圆的,其式不一。3) 一个上面放着炉瓶一分,攒盒一个。<u>一个上面空设着预备放人所喜食物。</u>4) 攒盒式样,亦随几之式样。每人一把乌银洋錾自斟壶,一个什锦珐琅杯。5) 李纨凤姐二人之几设于三层槛内、二层纱厨之外。

然而,霍克思后来又否定了这两个底稿(底稿 1 被划掉;底稿 2 上方写了个 No)。在 5 月 31 日周五的笔记中,译者又写道:

这次宴会的安排似乎是根据宝玉的提议:"我有个主意……(既没有外客,吃的东西也别定了样数,谁素日爱吃的,拣样儿做几样。也不必按桌席,每人跟前摆一张高几,各人爱吃的东西一两样,再一个什锦攒心盒子、自斟壶,岂不别致?)"很有可能这里有缺失(所有文本都是如此)。之后贾母吩咐"明日就拣我们爱吃的东西做了,按着人数,再装了盒子来。"乾抄值得考虑:"上头放着一分炉瓶,一个攒盒。""空设着预备放人所喜食物"不好,从文中可以明显看出食物

89

已经放在那儿了。

建议底稿为：
底稿 3：

　　上面左右两张榻，榻上铺着锦裀蓉簟，每一榻前两张雕漆几，1) 一个上头放着一分炉瓶，一个上头放着一个攒盒。2) 上面二榻四几是贾母薛姨妈；下面一榻两几是王夫人的。余者都是一倚一几。3) 东边刘姥姥，刘姥姥之下便是王夫人。西边便是湘云，第二便是宝钗，第三便是黛玉，第四迎春，探春惜春挨次排下去，宝玉在末。4) 李纨凤姐二人之几设于三层槛内、二层纱厨之外。5) 几也有海棠式的，也有梅花式的，也有荷叶式的，也有葵花式的，也有方的，有圆的，其式不一。6) 攒盒式样，亦随几之式样。每人一把乌银洋錾自斟壶，一个什锦珐琅杯。

这个底稿与范圣宇校勘的上海外语教育出版社出版的《红楼梦》汉英对照版（2012）四十回中关于宴会座次的描写基本一样，除了一处不同：底稿 3 中"王夫人"的面前是"一榻两几"；而外教社汉英对照版中则是"一椅两几"。出版的译文"Lady Wang had a couch and two tables"，显然是译者根据自己《笔记》中构建的底稿翻译的。下面我们不妨将外教社汉英对照版与霍克斯参考的人民文学出版社出版的程乙本对照一下：

人民文学出版社程乙本：

　　上面左右两张榻，榻上都铺着锦裀蓉簟，每一榻前两张雕漆几，1) 也有海棠式的，也有梅花式的，也有荷叶式的，也有葵花式的，也有方的，有圆的，其式不一。2) 一个上头放着一分炉瓶，一个攒盒。3) 上面二榻四几，是贾母薛姨妈；下面一椅两几，是王夫人的。余者都是一椅一几。4) 东边刘老老，刘老老之下便是王夫人。西边便是湘云，第二便是宝钗，第三便是黛玉，第四迎春，探春惜春挨次排下去，宝玉在末。5) 李纨凤姐二人之几设于三层槛内、二层纱厨之外。6) 攒盒式样，亦随几之式样。每人一把乌银洋錾自斟壶，一个什锦珐琅杯。

上海外语教学出版社汉英对照版：

　　上面左右两张榻，榻上铺着锦裀蓉簟，每一榻前两张雕漆几，{1) 一个上头放着一分炉瓶，一个上头放着一个攒盒。2) 上面二榻四几，是贾母薛姨妈的；下面一椅两几，是王夫人的。馀者都是一椅一几。3) 东边刘老老，刘老老之下便是王夫人。西边便是湘云，第二便是宝钗，第三便是黛玉，第四迎春，探春惜春挨次排下去，宝玉在末。4) 李纨凤姐二人之几设于三层槛内、二层纱厨之外。5) 几也有海棠式的，也有梅花式的，也有荷叶式的，也有葵花式的，也有方的，有圆的；其式不一。6) 攒盒式样，亦随几之式样。} 每人一把乌银洋錾自斟壶，一个十锦珐琅杯。

　　根据范圣宇的校勘，外教社汉英对照版中文版中，括号{ }中的内容是霍克斯独立构建的翻译底本，与任何其他中文版本的《红楼梦》都不一样。霍克斯的翻译底本与程乙本的不同主要有两处：1) 是关于叙述顺序的调整，程乙本中的顺序是从 1 到 6；而霍克斯的翻译底本则将程乙本中的 2 调整到了 1，将程乙本中的 1 调整到了 5。这样调整后行文叙述更为紧凑：在"两张雕漆几"后紧接着就是几上摆放着何物。同时，将几之形状的描写后调，与后面的"攒盒式样，亦随几之式样"也紧密相连，叙述层次清楚。此外，对《笔记》的分析揭示，霍克思对程乙本中的"一个上头放着一分炉瓶，一个攒盒"进行调整，还有更为深层次的考量。这句话本身有歧义，既可以理解为"一个几上头放着一分炉瓶，一个几上放着一个攒盒"，也可以理解为在一个几上同时摆放着"一分炉瓶，一个攒盒"（乾抄本正是这样理解的）。所以，在乾抄本中，这句话之后补充了"一个上面空设着预备放人所喜食物"。霍克思注意到了这句话的表达不够清楚，通过思考四十回开始宝玉的建议，认为乾抄本的补充添加是不对的。另外，王夫人到底是"一椅两几"还是"一榻两几"？霍克思根据人物之间的地位认为是后者，因为王夫人不可能跟儿女们一样是坐椅子，而应该是跟贾母和薛姨妈一样都是坐榻。由此可见，霍克思在翻译这段时，注意到这段

91

描写存在着矛盾之处。在参考多个底本进行比较后，他又根据本回前后文的内容以及参加宴会的人物的地位，提出了自己的翻译底本，以准确再现宴会的细节安排。

不仅如此，在《笔记》中，霍克斯为了译好宴会的座次安排，了解人物的座次位置，还根据自己提出的翻译底稿，简单绘制了一个宴会人物座次图示如下：

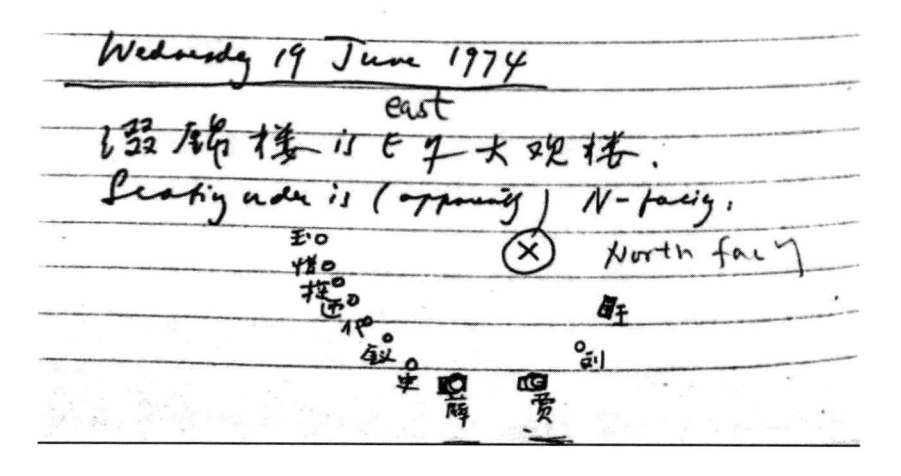

正是根据这个图示，并结合他构建的翻译底稿，译者将这段文字翻译如下：

> Two wooden couches covered with woven grass mats and embroidered cushions had been placed side by side at the head. Each had a pair of carved lacquer tables in front of it. On one of each pair there was an incense set—a miniature metal vase, a miniature cassolette and a miniature tripod, all for burning different kinds of incense in—on the other was a large lacquer box. These two couches with a pair of tables each were for Grandmother Jia and Aunt Xue.
>
> Of the places ranged below them only one, Lady Wang's, had a couch and two tables; all the rest had one table and a chair. On the east side, nearest to Grandmother Jia, sat Grannie Liu with Lady Wang below her; on the

west side Xiang-yun had been laid first, nearest to Aunt Xue, then Bao-chai, then Dai-yu, then Ying-chun, then Tan-chun, then Xi-chun, with Bao-yu in the very last place of all. A table and chairs had been laid for Li Wan and Xi-feng between the inner and outer mosquito screens which protected those inside the room from the insects of the lake.

The little lacquer tables were of many different shapes—some four-lobed like a begonia leaf, some five-lobed like plum-flowers, some shaped like multi-petalled sunflowers, some like lotus leaves, some square, some round—and the lacquer boxes were designed to match the shapes of the tables. Everyone had his own nielloed silver 'self-service' wine kettle and a little polychrome cloisonné winecup.

需要特别指出的是，正是借助这个座次图示，霍克思才能把参加宴席的人物的座次位置在译文中展现得清清楚楚，特别是下面两处译文的补充内容（见划线部分），都是原文所没有明确表达的：

1）东边刘老老，刘老老之下便是王夫人：On the east side, <u>nearest to Grandmother Jia</u>, sat Grannie Liu with Lady Wang below her；

2）西边便是湘云，第二便是宝钗：On the west side Xiang-yun had been laid first, <u>nearest to Aunt Xue</u>.

可以说，如果没有上面的图示，任何译者都难以提供上面两处的补充内容。

（4）对"缀锦楼"及宴会安排座次的进一步思考。

在6月19日的笔记中，霍克思写道：缀锦楼在大观楼的东面，大家面北而坐（然后霍克思又用"×"否定了这一推测）。有可能李纨和王熙凤在某处（然后又用"×"否定了这一推测）。池子肯定在大观楼的北面。参见十八回、十七回。在十七回，贾政从蘅芜苑走到大观楼；在十八回，元春到花溆是从大观楼乘舟。

93

由上可见，译者为了保证翻译"缀锦楼"这一名称和宴会安排座次的准确性，在即将翻译为本回文字时，又溯回考察了十七回和十八回的内容。

（5）对"只听外面乱嚷"的思考和删除。

6月21日的笔记中，霍克思写道：

> 四十回的结尾可能丢失了。
> 庚辰：众人大笑起来。只听外面乱嚷。
> 程本：众人听了由不的大笑起来。只听外面乱嚷嚷的，不知何事，且听下回分解。
> 戚本：众人大笑起来，只听外面乱嚷，且听下回分解。
> 乾抄：（可能是抄自程本抄本！）众人又大笑起来。要知以后，下回分解。
> 在四十一回中，"乱嚷"内容并没有再次提及。高鹗似乎在四十一回改为"哄堂大笑"，而后并没有其他事情发生；刘姥姥也不会觉得自己说的酒令有什么好笑。

根据对以上中文版本的比较和分析，霍克思认为四十回末尾的"只听外面乱嚷嚷的，不知何事"，在四十一回开始时并没有出现，于是翻译时直接删去了这句。另外，对"（刘姥姥）也要笑，却又撑住了"这句也没有翻译，因为译者认为刘姥姥对自己说的"花儿落了结个大倭瓜"没觉得有什么好笑之处。

（6）继续思考"缀锦阁"的位置和宴会酒令游戏顺序。

6月26日的笔记，霍克思写道：

> 四十回译文初稿完成。
> "如果'顺领'是逆时针方向，肯定面对着'缀锦阁'。"这里的"顺领"指鸳鸯说的酒令游戏顺序（"如今我说骨牌副儿，从老太太起，顺领下去，至刘老老止"）。

霍克思之所以继续思考"缀锦阁"的位置和宴会酒令游戏顺序，可能是为了进一步确定参与骨牌游戏的人的座次位置与前面宴会安排的座次顺序是一致的。事实上也确实如此。这一方面揭示了霍克思对"顺领"的正确理解，另一方面也反映了他对宴会和游戏人物座次位置的反复思考。

3. 四十回翻译初稿内容的完善

根据《笔记》，霍克思在 1974 年 6 月底已经完成了四十回的翻译初稿：6 月 21 日的笔记中，他写道：四十回的翻译初稿完成。今天上午给多洛斯·刘（Dorothy Liu）写信询问"缀锦楼"等相关问题。6 月 26 日周三，霍克思再次谈到四十回译毕，并进一步思考"缀锦阁"可能的坐落朝向。《笔记》显示，自 8 月 12 日开始，霍克思开始翻译第四十一回。然而，在 9 月 13 日周五的笔记中，译者再次提到了四十回的一处翻译，这里的翻译和四十一回的内容密切相关。四十一回中引起霍克思注意的是刘姥姥告别贾府前，平儿送她东西时说的一句话："这是昨日你要的青纱一匹……"。

根据《笔记》，9 月 13 日周五的内容转录如下：

> 四十回 483 页："再找一找，只怕还有。要有，就都拿出来，**送这刘亲家两匹**，有雨过天晴的，我做一个帐子挂上……。"
> 四十二回 510 页："这是昨日你要的青纱一匹……。"

显然，四十回也许应该使用抄本的内容：

> "再找一找，只怕还有青的。若有时，都拿出来，**送这刘亲家两匹**，做一个帐子我挂……。"
> 不对。雨过天晴纱（两匹）用来做衣服太多，这好像不合理。我考虑应该是这样的："若有时，都拿出来，**一匹**送这刘亲家，**两匹**做一个帐子我挂……。"

95

霍克思翻译过程中注意到了《红楼梦》不同版本中此处表达的不一致及模糊之处：给刘姥姥做衣服的布料到底是一匹还是两匹？给贾母挂帐子几匹？译者认为给姥姥两匹做衣服太多，所以英译文为给刘姥姥做衣服是一匹（give a length of it to our kinswoman here），给贾母做帐子是两匹（two lengths myself for a set of bed-hangings）。根据《笔记》日期，我们的推测是，这个译文是霍克思在翻译四十一回时发现这个问题后，又重新修改四十回的。

根据《笔记》对此处内容的记载，可以发现上海外语教学出版社出版的汉英对照版《红楼梦》使用的原文依据的是 1964 年人民出版社出版的程乙本，而译文则是霍克思根据上面笔记中的思考内容译出的：

上海外语教学出版社汉英对照中文版：
　　贾母道："再找一找，只怕还有；要有就都拿出来，**送这刘亲家两匹。有雨过天青的，我做一个帐子挂上**。剩的配上里子，做些个夹坎肩儿给丫头们穿，白收着霉坏了。"（350 页）

出版稿：
　　'Anyway, have another look tomorrow,' said Grandmother Jia. 'I think you'll find that besides the "old rose" pieces you saw in that chest, there's a lot of "clear-sky blue" somewhere as well. If there is, get it all out; **give a length of it to our kinswoman here; I should like two lengths myself for a set of bed-hangings**;...'

另外，结合翻译手稿，我们也可以看出霍克思在翻译四十回这段文字初稿时遇到的问题以及后来他对译文的重新修改：

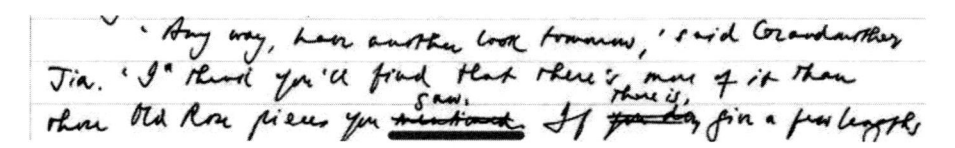

　　一稿：'Anyway, have another look tomorrow,' said Grandmother Jia.

'I think you'll find that there's much of it than those Old Rose pieces you <u>watched</u>. If you do, give a few lengths of it to our kinswoman here;

　　二稿：'Anyway, have another look tomorrow,' said Grandmother Jia. 'I think you'll find that there's much of it than those Old Rose pieces you <u>saw</u>. If there is, give a few lengths of it to our kinswoman here;

出版稿的翻译包含两稿（如上）。在二稿中有两处修改：一稿的动词"watch"修改为"see"；以及"If you do"改为"If there is"。然而，出版稿与前二稿并不相同，非常重要的一个变动是将"there's much of it than those Old Rose pieces"修改为"besides the 'old rose' pieces you saw in that chest, there's a lot of 'clear-sky blue' somewhere as well."最终译文不仅将代词"it"修改为"clear-sky blue"，明确了代词的具体所指；而且将一、二稿中给刘姥姥的"a few lengths"修改为"a length"，同时将给贾母的也明确为"两匹"。出版稿之所以对四十回这句话的内容进行修改，显然是霍克思在翻译四十一回"这是昨日你要的青纱一匹……"时注意到了"青纱一匹"与四十回的"送这刘亲家两匹"内容相矛盾，因而做出进一步思考、推理和修改。由此可见，霍克思翻译《红楼梦》时对小说前后文内容一致性的细心。

4. 结束语

　　杨自俭指出，世界级文学翻译的研究应该包含七个方面，其中一个方面就是对译者翻译过程的研究，"主要是对译者理解原文、转换、表达译文这个程序的研究，这是我们今后应该特别下功夫的一项研究。"（刘士聪，2004：37）遗憾的是，由于很少有译者将翻译手稿和翻译笔记等原始材料作为有价值的材料进行保留，对像《红楼梦》这样的世界级文学进行翻译过程研究到目前为止仍是极为少见，目前仅有两篇博士论文关注了霍克思的《笔记》，而且他们的研究材料也仅是《笔记》中的一部分，还有更多的内容值得后来的研究者挖掘（Chau, 2019；鲍德旺, 2020）。

本文根据霍克思翻译《红楼梦》第四十回的《笔记》和手稿，尝试还原霍克思英译《红楼梦》的翻译过程，了解译者在翻译《红楼梦》这部中国文化的百科全书时都遇到了哪些难点，又是如何对这些翻译难点进行资料查证、研究和翻译的。通过对霍译《红楼梦》翻译过程的还原，解释《红楼梦》英译本的形成过程，我们可以窥视工作中译者头脑中的"黑匣子"的运作过程，可以更客观地评价霍译《红楼梦》这部经典译作。研究发现，霍克思对《红楼梦》的翻译确实是全身心投入，尽量"译出原文的一切"，甚至连"原著中任何一个小小的单字都不曾放过"（林以亮，1976）。《笔记》显示，霍克思在开始翻译时，会先根据小说的语境（不同章回中相关的内容）准确理解所要翻译的内容；在阅读原文的理解过程中遇到困惑时，会考察小说的不同中文版本，根据自己的判断，提出合理的翻译底本，然后进行翻译。遗憾的是，因为《笔记》或手稿的目的不是为了出版和阅读，对这些原始材料的破译有时会很难，除了笔迹潦草，难以辨认外，有时还有一些缩略词，如字母 E 指的是 East（东），GJ 指的是贾母，等等。

【参考文献】

Chan Qi Sum, Connie. The Story of the Stone's Journey to the West: A Study in Chinese-English Translation History [D]. M. Phil. Thesis, Hong Kong Polytechnic University, 2001.

Chau, Chritina. Translators in the making: the work of David Hawkes in the making of the Hawkes-Minford translation of *The Story of the Stone*: with special reference to Hawkes' *Translator's Notebooks* [D]. Phd. Thesis, The Australian National University, 2019.

Hawkes, David. *The Story of the Stone*: A Translator's Notebooks [M]. Hong Kong: Center for Literature and Translation, Lingnan University, 2000.

Hawkes, David. *The Story of the Stone* (Vol 1) [M]. London: Penguin, 1973.

Hawkes, David. *The Story of the Stone* (Vol 2) [M]. London: Penguin, 1977.

Levy, Jiri. Translation as a Decision Process [A]. In Venuti, Lawrence(ed.) The Translation Studies Reader. London: Routledge, 2000.

Minford, John. Forward. David Hawkes. *The Story of the Stone*: A Translator's Notebooks [A]. Hong Kong: Center for Literature and Translation, Lingnan University, 2000.

鲍德旺．霍克思《红楼梦》英译研究［M］．青岛：中国海洋大学出版社，2020．

曹明伦．翻译过程是一种选择过程［J］．《中国翻译》2021（3）：176．

曹雪芹（著），霍克思（译）．《红楼梦》［M］．上海：上海外语教育出版社，2012．

曹雪芹．中国艺术研究院和红楼梦研究所校注《红楼梦》［M］．北京：人民文学出版社，2008．

范圣宇．汉英对照版霍克思、闵福德译《红楼梦》校勘记［J］．红楼梦学刊，2015（2）：296．

林以亮．《红楼梦》西游记：细评《红楼梦》新英译［J］．台北：联经出版事业有限公司，1976．

刘士聪．《红楼译评：〈红楼梦〉翻译研究论文集》［C］．天津：南开大学出版社，2004：37．

张俊，沈治钧．新批校注《红楼梦》［M］．北京：商务印书馆，2017．

基于《笔记》的霍译《红楼梦》酒令的翻译研究

1. 引言

英语世界有两个《红楼梦》全译本：一个是英国汉学家霍克思和闵福德翁婿联袂翻译的《红楼梦》（其中霍克思翻译了《红楼梦》的前八十回；闵福德翻译了后四十回），一个是杨宪益、戴乃迭夫妇携手翻译的《红楼梦》。目前学界对这两个全译本的研究很多，可以说已呈现出《红楼梦》翻译学这一红学研究分支。

但是遗憾的是，在众多的《红楼梦》译学研究成果中，绝大多数研究都是对两个版本译文的比较研究，很少见对这两个全译本的翻译过程的实证研究。实证研究的缺乏显然是长期以来人们对翻译活动的错误认识和理解所造成的。正如闵福德在霍克思翻译《红楼梦》的随笔和工作日记《〈红楼梦〉英译笔记》的前言中所指出的："采用真实的原始材料（笔记、手稿等）对翻译技艺和历史进行符合实际的实证研究极为罕见。可以说，迄今还没有什么翻译档案材料。而谦卑的译者也很少留下他们所取得的成绩的任何记录。过去文学界通常认为译者的态度谦卑低调是合理正当的；事实上则是译者的名字很少出现在译作封面。一般情况下，译者如果能够做到彻底地透明，不留下任何痕迹，像消失在空气中，那么他的翻译就被人们认为是成功的。"（Hawkes, 2000: X）译者本人一般很少留下译文成文之前的手稿或翻译笔记等原始材料；学界也很少重视研究翻译过程中译者到底做了什么。

幸运的是，除了企鹅出版社出版的《红楼梦》三卷英译文，霍克思还为后人留下了《〈红楼梦〉英译笔记》。《笔记》是《红楼梦》翻译过程的真实记录，记录了霍克思1970年11月10日到1979年6月1日翻译《红楼梦》的随笔和工作笔记。《笔记》真实生动地揭示了译者翻译《红楼梦》过程中遇到的问题以及相应的解决方法，可以使我们清晰了解霍译《红楼梦》的成书过程。

对《红楼梦》进行全译的最大困难之一是对小说中大量诗词曲赋（包括引用的诗词曲赋）、灯谜以及酒令等内容的翻译。因为中英语言文化在诗词创作和文字游戏上的巨大差异，这些内容的翻译本身具有抗译性和不可译性。霍克思在动手翻译《红楼梦》章回叙事内容之前，就已基本完成了其中的诗词曲赋（包括小说中人物所引用的诗句以及灯谜、酒令等文字游戏）等内容的翻译（鲍德旺，2020：106）。《笔记》也清楚说明了霍克思是集中优先处理和翻译诗词曲赋的。《笔记》由四部分构成，第四部分是关于《红楼梦》中诗词曲赋的翻译记录，包括两个方面：(1) 对《红楼梦》中的诗词曲赋的抄录以及对这些诗词曲赋所涉及的诗句、典故及理解难点等内容的资料查找和注释，主要是译者对原文理解过程的记录；(2) 对《红楼梦》中的诗词曲赋、诗句引用、酒令等文字游戏的翻译初稿和修改稿。鉴于《红楼梦》中诗词曲赋等内容数量庞杂，本文将根据《笔记》对四十回和六十二回中的酒令的翻译，探讨霍克思在翻译酒令的过程中遇到了哪些问题，又是如何思考和解决这些问题的，其目的是还原酒令这一难点的翻译过程，揭示酒令译文最终是如何生成的。

2. 酒令游戏的翻译过程还原

《红楼梦》中的酒令描写有多处，前八十回集中描写的有四处（分别见二十八回、四十回、六十二回、六十三回），每一处描写都是文情饱满，文意隽永，耐人寻味，因为在每个人说的酒令里，作者并不仅仅是记录酒宴上的文字游戏，而是赋予了人物性格、未来命运的象征性寓意。例如二十八回冯紫英邀请宝玉至其家饮酒，席上宝玉、薛蟠、蒋玉涵、冯紫英和妓女云儿说的酒令各有特色：如云儿说的酒令句句切合其妓女身份，而薛蟠说的酒令则活画出"呆霸王"不学无术、胸无点墨、言语粗俗的个性。然而，要译好这些酒令，对于译者来说，却是个很大的挑战。霍克思在《笔记》中，花费大量时间和精力对这些酒令中引用的诗词、典故等出处进行了资料查证和初稿翻译。下面我们以第四十回和第六十二回中的酒令翻译为例，依据《笔记》，对霍克思的酒令翻译过程进行解释和说明，以还原酒令译文的成文过程。

2.1 酒令翻译过程中的资料查证及初稿翻译

根据《笔记》，341页至342页主要是对第四十回中诗词引用和酒令内容的中文理解、对翻译难点的资料查证以及部分内容的翻译初稿；279页至282页则是相应的修改后英译文。除了刘姥姥宴席上讲的笑话（"老刘，老刘，食量大如牛"），探春书房的对联（烟霞闲骨格，泉石野生涯），林黛玉引用的李商隐的诗句（"留得残荷听雨声"）外，重点是关于贾母、薛姨妈、刘姥姥和众姐妹玩骨牌游戏时说的酒令的相关翻译记载。

在翻译四十回的酒令时，霍克思对酒令中引用的诗词做了大量资料查证工作。译者这样做的目的一方面是为了更好地理解骨牌游戏中所引用的诗句，另一方面是为了保证翻译准确。在《笔记》341页，霍克思列出了四十回中鸳鸯、贾母、薛姨妈、史湘云、宝钗、黛玉和刘姥姥玩骨牌游戏时说的酒令。因篇幅关系，下面我们仅以黛玉和鸳鸯的酒令为例：

原文：

鸳鸯又道："左边一个天。"黛玉道："良辰美景奈何天。"宝钗听了，回头看着他，黛玉只顾怕罚，也不理论。鸳鸯道："中间锦屏颜色俏。"黛玉道："纱窗也没有红娘报。"鸳鸯道："剩了二六八点齐。"黛玉道："双瞻玉座引朝仪。"鸳鸯道："凑成'篮子'好采花。"黛玉道："仙杖香挑芍药花。"说完,饮了一口。

342 页霍克思《笔记》中的内容转录如下:
代玉
左边一个天。Sky on the left, the good fresh air
良辰美景奈何天。And the bright air, the brilliant morn (270 页?)
　　　　　　　　　　　　The brilliant morn feed my despair

牡丹亭

中间锦屏颜色俏。
纱窗也没有红娘报。西厢记 1/4 侯门不许老僧敲
　　　　　　纱窗外定有红娘报

剩了二六八点齐。所有文本都有这句,文本可能有缺失(all texts have this. Presumably a missing edition)

　　双瞻玉座引朝仪。杜甫 七律 紫宸殿退朝口号
　　户外昭容紫袖垂,双瞻御座引朝仪。
　　凑成'篮子'好采花。
　　仙杖香挑芍药花。

《笔记》中,在"良辰美景奈何天"旁边,写有两个译文:第一个是"And the bright air, the brilliant morn(270 页)",与霍克思在二十三回中翻译林黛玉听到的这个片段的曲词内容相同。二十三回中的相关内容如下:

　　原文:黛玉听了,倒也十分感慨缠绵,便止步侧耳细听。又唱道是:"良辰美景奈何天,赏心乐事谁家院。"
　　译文:They moved her strangely, and she stopped to listen. The voice went on:
　　'And the bright air, the brilliant morn

103

>   Feed my despair.
>   Joy and gladness have withdrawn
>   To other gardens, other halls —'

然而，紧接着，霍克思又把这个译文划掉了，给出了第二个译文 The brilliant morn feed my despair，此译文旁边同时注明原文出自《牡丹亭》。第一个译文被划掉的原因可能是为了避免内容重复：因鸳鸯的酒令"左边一个天"译为"Sky on the left, the good fresh air"，黛玉的酒令如果译为"And the bright air, the brilliant morn"则译文内容明显重复。

在《笔记》281 页，霍克思记载了第四十回黛玉的酒令"良辰美景奈何天"的翻译，译文仍然有两个：第一个是"And the bright air feed my despair"；第二个是"Bright air and brilliant morn feed my despair"。《笔记》显示，这里的第一个译文被划掉，显然译者最后决定采用第二个译文。这个译文实际上与出版稿的译文是一样的，都是"Bright air and brilliant morn feed my despair"。我们的推测是，译者可能考虑到诗词引用在整部小说中的一致性，最终决定把四十回中黛玉酒令中的这句引用和二十三回黛玉听到的《牡丹亭》中这句曲词的翻译采用相同的译文。通过保持不同章回中所引用曲词的一致性，可以更为深入地刻画黛玉的性格和她的自怨自怜：她不仅将《牡丹亭》这部"闲书"的内容熟记于心，而且潜意识中也一直感叹自己与杜丽娘的命运何其相似。

霍克思对黛玉的第二句"纱窗也没有红娘报"也进行了出处考证，记录下这句出自《西厢记》1/4："侯门不许老僧敲，纱窗外定有红娘报"，以准确理解酒令中诗词引用的意思。在这句下面，霍克思思考道："所有文本都有这句话，文本可能有缺失"，反映了译者同时参考了《红楼梦》其他版本，以确定这句引用的准确性。对于黛玉酒令中的第三句"双瞻玉座引朝仪"，霍克思查到此诗句出自杜甫的七律《紫宸殿退朝口号》"户外昭容紫袖垂，双瞻御座引朝仪"，以保证理解和翻译的准确性。可以说，为了译好酒令，准确理解和翻译小说人物所引用的诗句，霍克思在中文诗词的资料查证上，花费了大量时间，保证了诗词内容的准确翻译。在具体翻译中，他又根据中文诗句的内容和英语读者的文化认知情况，在行文中添加了相应的解释性内容，保证了译文的可读性。可以想象，如果没有这些前期资料的查证，译文是很难提供下面的解释性翻译的（见下文的两处划线部分）。黛玉酒令的出版译文如下：

'Sky on the left, the good fresh air,' said Faithful, putting down a double six.

'Bright air and brilliant morn feed my despair,' said Dai-yu. Bao-chai, recognizing the quotation, turned and stared; but Dai-yu was too intent on keeping her end up to have noticed.

'A four and a six, the Painted Screen,' said Faithful.

'No Reddie at the window seen,' said Dai-yu, <u>desperately dredging up a line this time from *The Western Chamber* to meet the emergency.</u>

'A two and a six, four twos make eight.'

'In twos walk backwards from the Hall of State,' said Dai-yu, <u>on safer ground with a line from Du Fu.</u>

'Together makes: "A basket for the flowers you pick",' said Faithful.

'A basket of peonies slung from his stick,' Dai-yu concluded, and took a sip of her wine.

2.2 骨牌游戏的图示理解和翻译

《笔记》记录，霍克思翻译《红楼梦》第四十回的日期为 1974 年 5 月 23 日至 6 月 26 日，大约花费了一个多月的时间。但这主要是指四十回叙事内容的翻译时间，不包括诗词曲赋、酒令等文字游戏的翻译。由于诗词曲赋、酒令等韵文内容和文字游戏翻译难度大，霍克思在着手翻译《红楼梦》的叙事文字之前，提前、优先集中翻译了诗词曲赋和文字游戏等内容。虽然第四十回的翻译时间主要集中在 1974 年 6 月，但是《笔记》69 页显示，早在 1972 年 9 月（也就是说在第一卷出版之前）霍克思就开始为四十回的翻译做准备工作。根据《笔记》对四十回中骨牌游戏进行研究的时间记载，霍克思在动笔翻译第四十回之前的两年，就已经着手研究并解决四十回中的翻译难点——如何理解和翻译贾母、薛姨妈、刘姥姥和众姊妹一起玩的骨牌游戏。1972年9月19日的笔记有3页之多的内容都是霍克思对四十回的骨牌游戏进行思考和资料查证的记载，下面按照时间顺序扼要介绍如下：

第69页，霍克思记录了他参考过的一本书——史地瓦得·库林（Stewart Culin）撰写的《中国游戏：骰子与骨牌》（*Chinese Games of Dice and Dominoes*, 1898），并写道，这本书"对'骨牌副'的理解没有什么帮助"。尽管如此，他仍根据该书，抄写并绘制了32副骨牌骰子的组合。

第70页，霍克思主要探讨了他对"锦屏"的理解，绘制了两幅不同的骰子组合，指出四十回骨牌游戏中的"锦屏"和Culin书中的相关内容并不相同，具体如下（上面的图为四十回中的组合；下面是霍克思参考的Culin书中的组合）：

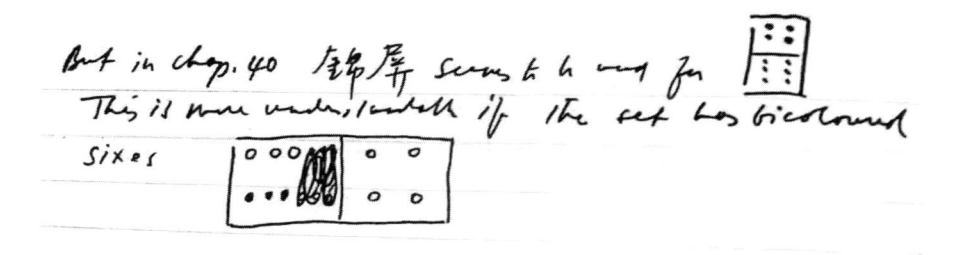

然后，霍克思又参考了清朝刘尊璐的《牙牌参禅图谱》中的《牙牌舞灯词》《四季结同心》和《乞巧词》，考察骨牌游戏中的"四六"的具体所指。在《牙牌舞灯词》中，"四六：伢傍着锦屏索笑""四六：在锦屏相对"；在《四季结同心》中，"4/6，长四：锦屏人"；而在《乞巧词》中，"四六：锦屏风遮不住斗牛宫"。根据以上研究，霍克思准确理解了"锦屏"指的是上四下六共十点的牌名。他的理解与人民出版社的注释一致——"锦屏"：牌名，上四下六共十点，上红下绿形似彩色屏风，故称锦屏或锦屏风（曹雪芹，2008：544）。除了对"锦屏"的查证，霍克思还对骨牌中的"二六""二五""五六"等组合也做了思考和查证。

根据以上对骨牌游戏的研究，霍克思在《笔记》71页绘制了第四十回酒令游戏中提到的六个骨牌骰子组合，如下图：

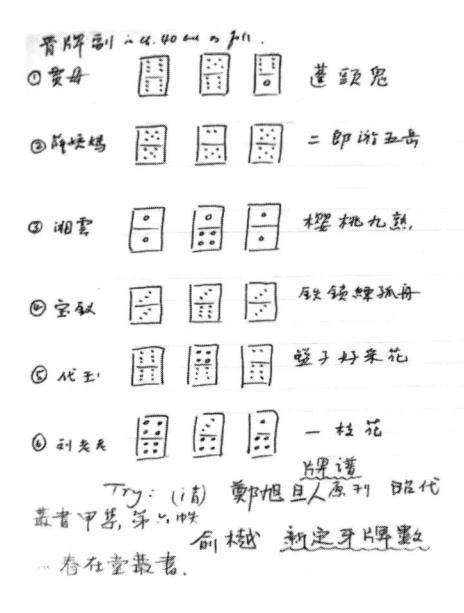

以上这个图示与《红楼梦》英译本第二卷附录中介绍的第四十回骨牌游戏的六个骰子组合图示完全相同（Hawkes, 1977: 586–587）。可以说，霍克思正是根据这些前期的资料查证和研究工作，才能在后期顺利地译完四十回的酒令游戏。比较酒令游戏的中英文本，可以看出霍克思在译文中添加的解释性内容正是根据他对于骨牌骰子组合的研究。下面我们以鸳鸯和贾母的酒令为例来加以说明。

原文：鸳鸯道："如今我说骨牌副儿，从老太太起，顺领下去，至刘姥姥止。比如我说一副儿，将这三张牌拆开，先说头一张，再说第二张，说完了，合成这一副儿的名字，无论诗词歌赋，成语俗话，比上一句，都要合韵。错了的罚一杯。"众人笑道："这个令好，就说出来。"鸳鸯道："有了一副了。左边是张天。"贾母道："头上有青天。"众人道好。鸳鸯道："当中是个五合六。"贾母道："六桥梅花香彻骨。"鸳鸯道："剩了一张六合么。"贾母道："一轮红日出云霄。"鸳鸯道："凑成却是个'蓬头鬼'。"贾母道："这鬼抱住钟馗腿。"说完，大家笑着

107

喝彩。贾母饮了一杯。

译文:'What I'm going to do,' said Faithful, 'is to call threesomes with the dominoes, starting from Her Old Ladyship, going round in an anti-clockwise direction, and ending up with Mrs Liu. First I shall make a separate call for each of the three dominoes and after that I shall make a call for the whole three-some, so you'll get four calls each. Every time I call, you've got to answer with something that rhymes and that has some connection with the call. It can be something from a poem or song or ballad, or it can be a proverb or some well-known expression, anything you like as long as there is a connection and it rhymes.'

'Good!' said the others approvingly. 'That's a good game. Let's have a call then.'

'Right,' said Faithful. 'Here comes the first one.' She laid down a double six. 'On my left the bright blue sky.'①

'The Lord looks down from heaven on high,' said Grandmother Jia.

'Bravo!' said the others.

The second domino was a five-six.

'Five and six together meet,' said Faithful.

'By Six Bay Bridge the flowers smell sweet.'

'Leaves six and ace upon the right.'

'The red sun in the sky so bright,' said Grandmother Jia.

'Altogether that makes: "A shock-headed devil with hair like tow",' said Faithful.

'The devil shouts, "Zhong Kui, let me go!",' said Grandmother Jia.

Amidst laughter, and applause for the successful completion of her turn, she picked up and drained her winecup.

从鸳鸯和贾母的酒令中,我们选取三处中英文内容进行对比,可以发

---

① See Appendix II, p. 586

现译者在行文中添加的补充性内容都是他在《笔记》中先行解决的：

(1) 比如我说一副儿，将这三张牌拆开，先说头一张，再说第二张，说完了，合成这一副儿的名字。

First I shall make a separate call for each of the three dominoes and after that I shall make a call for the whole three-some, so you'll get four calls each.

(2) 鸳鸯道："有了一副了。左边是张天。"贾母道："头上有青天。"

'Right,' said Faithful. 'Here comes the first one.' She laid down a double six. 'On my left the bright blue sky.'

'The Lord looks down from heaven on high,' said Grandmother Jia.

(3) "当中是个五合六。"贾母道："六桥梅花香彻骨。"

The second domino was a five-six.

'Five and six together meet,' said Faithful.

'By Six Bay Bridge the flowers smell sweet.'

在（1）的原文中，鸳鸯并没有说明她一共要说四次骨牌，表达上有所缺失，而译文则明确说明鸳鸯先分别说每张牌一次，最后三张牌合起来算一次，这样每个人一共要说四次酒令。

在（2）中，译文补充了"She laid down a double six"，而这个内容中文原文是没有的。因为中文里面的"左边是张天"已表明这副牌是天牌，"此牌上下两个六点，点色红绿各半，互相岔开"（曹雪芹，2008：542）。

同样，在（3）中，英译文补充了"The second domino was a five-six"，说明了鸳鸯放下的第二张牌是一张五六共十一点的牌。

从上面的举例可以看出，译文中所补充的解释性内容如果没有译者的前期研究工作，任何译者都是做不来的；而将原文跟译文进行对照阅读，一般研究者也很难解释译文为什么会在以上地方进行这样的添加。

109

2.3 对酒令的创造性翻译

在《红楼梦》第六十二回，大观园众姐妹在芍药栏红香圃给宝玉等人摆寿酒庆祝时，行了两种酒令。一种是难度较大的"射覆"，宝玉和姐妹们玩；一种是"拇战"，大家都可以玩。下面，我们分别选取这两类酒令来看一下霍克思在翻译过程中是如何处理酒令中的翻译困难，创造性翻译酒令的。

原文：

（宝琴笑道："只好室内生春，若说到外头去，可太没头绪了。"探春道："自然。三次不中者罚一杯。你覆他射。"）宝琴想了一想，说了个"老"字。香菱原生于这令，一时想不到，满室满席都不见有与"老"字相连的成语。湘云先听了，便也乱看，忽见门斗上贴着"红香圃"三个字，便知宝琴覆的是"吾不如老圃"的"圃"字。见香菱射不着，众人击鼓又催，便悄悄的拉香菱，教他说"药"字。

译文：

Bao-qin thought for a bit.

'Market.'

Caltrop, who was new to this game, could see nothing in the room which could combine with 'market' to make a quotation; but Xiang-yun, whose eyes had been darting busily around from the moment the clue was announced, happened suddenly to catch sight of the inscription that hung up over the door:

PEONY GARDEN

She guessed at once that Bao-qin must be thinking of the passage in the thirteenth book of the *Analects* where Confucius tells a person who wanted to study horticulture that he would 'much better go to some old

fellow who kept a market garden and learn about it from him'. As Caltrop could still not guess what the 'market' indicated and the others were beginning to drum her for an answer, Xiang-yun, who had already thought of a matching quotation from a line in one of Wang Wei's poems:
> Sometimes I to my herb garden repair,

leaned over and whispered to Caltrop to give 'herb' as her reply.

对比原文和出版译文，可以发现，原文中宝琴的覆是"老"，用的是门斗上贴着"红香圃"中的"圃"字，覆的是《论语》中的用典"吾不如老圃"中的"圃"字；湘云想到并教香菱射的是"药"字，用的典故是王维的《济州过赵叟家宴》中的诗句"荷锄修药圃"。根据《笔记》365页的记载，霍克思对"老（圃）"和"药（圃）"进行了资料查询，其记录内容转录如下：

老（圃）：Analects 13.4（《论语》•子路）：樊迟请学稼。子曰："吾不如老农。"请学为圃。曰："吾不如老圃。"

药（圃）：王维 宴赵叟家，即《济州过赵叟家宴》

虽与人境接，闭门成隐居。

道言庄叟事，儒行鲁人馀。

深巷斜晖静，闲门高柳疏。

荷锄修药圃，散帙曝农书。

上客摇芳翰，中厨馈野蔬。

夫君第高饮，景晏出林间。

同时，在这两条记录的上面，霍克思还记录了"红香圃"以及英文"'Garden' rather than 'Gardener'"（选择"圃"而不是"种菜的人"）、"market garden"（老圃）、"herb garden"（药圃）。

分析上面的记录，可以发现，霍克思在翻译这个酒令时，首先对宝琴的"覆"和湘云想到的"射"所隐含的典故和诗句进行了资料查找，得出宝琴的"覆"出自论语，而湘云的"射"则是从室内门斗上的"红香圃"

111

联想至王维的《济州过赵叟家宴》中的诗句"荷锄修药圃"。在这个过程中，霍克思认为原文中的"（老）圃"可以不用翻译为"Gardener"（种菜的人），因为原文"射"的内容是"药圃"。在《笔记》中，他把"老圃"翻译为"market garden"，而"药圃"为"herb garden"。顺着这一思路，宝琴说的"覆"——"老"的英译文就成了"market"；"便知宝琴覆的是'吾不如老圃'的'圃'字"，英译文就成了：

"Bao-qin must be thinking of the passage in the thirteenth book of the *Analects* where Confucius tells a person who wanted to study horticulture that he would 'much better go to some old fellow who kept a market garden and learn about it from him'."

（回译：宝琴肯定想到了《论语》十三章中孔子对一个想学种菜的学生的建议："最好去市场园圃找个老者，向他请教学习"）

从回译可见，霍克思并没有忠实地翻译《论语》中孔子的原话，而是变通翻译为孔子建议这个学生"最好去市场园圃找个老者，向他请教学习"（"much better go to some old fellow who kept a market garden and learn about it from him"）。之所以做这样的变通翻译，是因为这个"射覆"游戏还涉及的"红香圃"（PEONY GARDEN）和"药圃"（"herb garden"）这两个词语。

我们注意到霍克思在第六十二回中把"红香圃"译为"PEONY GARDEN"而没有直译其名。在《笔记》210页，1977年8月2日周二的笔记中，霍克思对红香圃如何翻译进行了思考，其内容转录如下：

> 芍药栏中红香圃，因为"射覆"（缘故），这里应翻译为"the big summer-house in the peony garden"，而红香圃的题名应翻译为"PEONY GARDEN"。

也就是说，因为宝琴的"射覆"隐含的是"红香圃"中的"圃"（英文译为garden），霍克思在之前的酒令游戏翻译中已决定将"老圃"翻译为"market garden"，而宝玉等人的寿酒又是摆在芍药栏红香圃，那么最直接、最方便的解决方法就是把"红香圃"译为"PEONY GARDEN"，

112

这同时也解决了霍克思一直关心的译名多英文读者不易记这一问题。

由上可见，在《红楼梦》的翻译过程中，霍克思在处理酒令这样的文字游戏时关心的重点是文字游戏娱乐性的再现，而不是执着于内容、典故、译名的准确翻译。这也完全符合霍克思在第一卷前言中提出的翻译目标，努力把自己阅读《红楼梦》的乐趣分享给译文读者（Hawkes, 1973: 46）。

下面的另一则酒令翻译也体现了霍克思同样的翻译追求。对"拇战"游戏中输的人的惩罚，湘云的提议是"限酒底酒面"："酒面要一句古文，一句旧诗，一句骨牌名，一句曲牌名，还要一句时宪书上有的话，共总成一句话。酒底要关人事的果菜名。"宝玉败给湘云后，黛玉替他说的酒底、酒面如下：

原文：

宝玉真个喝了酒。听黛玉说道："落霞与孤鹜齐飞，风急江天过雁哀，却是一枝折脚雁，叫得人九回肠，这是鸿雁来宾。"说得大家笑了。众人说："这一串子倒有些意思。"黛玉又拈了一个榛瓤，说酒底道："榛子非关隔院砧，何来万户捣衣声？"

译文：

'**One**. "Scudding clouds race the startled mallard across the water",' said Dai-yu. **Two**. "A wild goose passes, lamenting, across the wind-swept sky." **Three**. It must be "The wild goose with a broken wing". **Four**. So sad a sound makes "The Heart Tormented". **Five**. "The cry of the wild goose is heard in the land."'

The others laughed:

'It certainly makes good sense!'

Dai-yu picked up a hazel-nut.

'This cob I take up from the table

Came from a tree, not from a stable.'

Dai-yu picked up a hazel-nut.

我们先来看英文酒面：英文酒面中添加了原文所无的"One""Two""Three""Four""Five"这五个数字，这一做法在《笔记》361页和391页都有记载。在361页，霍克思用中文把黛玉说的酒令抄录写来，并在每句的后面注明了出处，其内容转录如下：

落霞与孤鹜齐飞　王勃　滕王阁序（1）古文观止 2/304 落霞与孤鹜齐飞，秋水共长天一色；

风急江天过雁哀　陆游　寒夕　七律（2）宋诗钞 27/89 风急江天无过雁，月明庭户有疏磋。

却是一枝"折脚雁"（3）骨牌名

叫得人"九回肠"（4）曲牌名——这是鸿雁来宾（5）历书中语 see 月令

在391页，霍克思对这五句的英译文也依次做了相应的数字标注。可见，这五个数字的添加是译者有意为之的，不仅使得酒令内容直观明晰，也体现了黛玉思维敏捷、口齿伶俐，说话干净利落。特别需要指出的是，译者对这个酒令进行的创新翻译。根据《笔记》（391页）的翻译初稿，"折脚雁"被译为"The wild goose with a broken leg"；而出版稿则是"折翅雁""The wild goose with a broken wing"。"折脚雁"为什么要变成"折翅雁"呢？这需要我们结合语境来理解霍克思对整首酒令的翻译。按湘云的提议，这个"东拼西凑"的酒令要"共总成一句话"，整体上内容要讲得通。这也是为什么宝玉犯难，要"想一想"再说，而最终由黛玉代他说的原因。为了使得整首酒令的译文内容上讲得通，霍克思翻译时不得不做灵活变通，进行适当的改写。下面我们将霍克思英译文的大意回译如下：

黛玉说道：（1）飞云与受惊的野鸭在水面上追逐。（2）（这时）一只野雁在天上哀叫着飞过急风。（3）肯定是"那只翅膀受伤的野雁"。（4）它的叫声令人"心碎"。（5）整个大地都能听见。

从这个回译可以看出，霍克思的译文跟原文并不一样，除了"折脚雁"变成"折翅雁"，最后一句话的翻译与原文也完全不同："鸿雁来宾"出自《礼记·月令》"季秋之月，鸿雁来宾"，指秋季时，鸿雁飞来旅宿；而霍克思的译文则成了（野雁哀伤的叫声）"整个大地都能听见"。就译者所追求的翻译目标而言，酒令译文整体上语义连贯，内容上说得通，达到了近乎等效的翻译，尽管在隐喻黛玉身世孤苦飘零方面有所缺失。

霍克思追求生动再现原文酒令游戏的娱乐性和趣味性，这在黛玉说的酒底上也有明显体现。黛玉说的"榛子非关隔院砧，何来万户捣衣声"，霍克思清楚地知道，这里黛玉化用了李白的《子夜吴歌》"长安一片月，万户捣衣声"，在《笔记》361 页译者抄录了这首诗的全诗。但是这句的译文"This cob I take up from the table/Came from a tree, not from a stable."与原文也完全不同，回译如下：

我酒桌上拿到的这个 cob，来自树上，而不是马厩。

这里霍克思利用 cob 一词的两种英文含义：一种是果子，一种是短腿的壮马，制造了一个双关，达到了酒令规定的以席上果蔬（榛瓤）说人事的要求。

最后，我们不妨再看一个成功的酒令翻译，原文和译文如下：

原文：
　　湘云吃了酒，夹了一块鸭肉，呷了口酒，忽见碗内有半个鸭头，遂夹出来吃脑子。众人催他："别只顾吃，你到底快说呀。"
　　湘云便用箸子举着说道："这鸭头不是那丫头，头上那讨桂花油。"

译文：
　　From the dish in front of her Xiang-yun picked out a duck's head with her chopsticks and pointed it at the maids who were sitting round the fourth table at the other end of the room.

115

'This little duck can't with those little ducks compare:
This one is quite bald, but they all have a fine head of hair.'

在《笔记》361 页下端，霍克思在抄录的"这鸭头不是那丫头，头上那讨桂花油"这句俏皮话旁边，对如何翻译这个酒底进行了思考，其内容转录如下：
? 'This little duck'（这只小鸭）
'that little duck'（那只小鸭）
? compare hair（比作头发）

在《笔记》（391 页），这句的翻译初稿为：
'This little duck can't with that little duck compare:
This one is quite bald, but that has a fine head of hair.'

出版稿则根据下文晴雯、小螺等丫头抗议湘云拿她们取笑，将《笔记》翻译初稿中的"that little duck"修改为复数"those little ducks"，同时在湘云说酒令之前在内容上进行了补充：From the dish in front of her Xiang-yun picked out a duck's head with her chopsticks and pointed it at the maids who were sitting round the fourth table at the other end of the room.（湘云用箸子夹了一个鸭头，指着室内另一头第四张桌子上围坐的丫头们说）。原文湘云说的酒底是将鸭头比丫头；而到了英译文里则是将鸭头上的鸭毛和丫头的头发做比较。因这个类比不够明显，译者又在湘云说酒底前做了补充："指着室内另一头第四张桌子上围坐的丫头们说"。由此可见，霍克思在翻译酒令时，不仅仅是要译出酒令的诙谐好玩，还考虑到了译文读者的理解和接受，在上下文合适的地方进行适当的增补。

3. 结束语

《红楼梦》不仅是曹雪芹留给后人的一部伟大的文学作品，也是一部包罗中国文化方方面面的百科全书。要把酒令、灯谜等这些极具中国特色的内容成功翻译到外语中去，霍克思的翻译可以提供给汉英文学译者很多启发和借鉴。本文根据霍克思翻译《红楼梦》的工作笔记，考察了译者翻译酒令的过程、遇到的问题以及相应的解决方法，一定程度上还原了霍克思翻译酒令的翻译过程，揭示了酒令生成英文的过程。研究发现，霍克思对于酒令的翻译优先于叙事内容的翻译。在翻译过程中，他首先集中研究原文所引用的诗词、典故等内容，对其中的理解难点进行资料查证并进行初稿翻译。对于骨牌游戏的玩法，译者根据中、英、法文等多种参考资料进行研究，在此基础上，根据小说中的内容进一步绘制了具体的骨牌组合，然后再根据绘图进行翻译，并通过附录对游戏的玩法做进一步解释，以保证译文读者对游戏的理解。为了实现其文学翻译的目标，霍克思在酒令翻译中进行了一定的创造性翻译，有时为了译文的趣味性而不得不损失一定程度的忠实性。

【参考文献】

Hawkes, David. *The Story of the Stone*: A Translator's Notebooks [M]. Hong Kong: Center for Literature and Translation, Lingnan University, 2000.

Hawkes, David. *The Story of the Stone* (Vol 1) [M]. London: Penguin, 1973.

Hawkes, David. *The Story of the Stone* (Vol 2) [M]. London: Penguin, 1977.

Hawkes, David. *The Story of the Stone* (Vol 2) [M]. London: Penguin, 1980.

Minford, John. Forward. David Hawkes. *The Story of the Stone*: A Translator's Notebooks [A]. Hong Kong: Center for Literature and Translation, Lingnan University, 2000.

鲍德旺. 霍克思《红楼梦》英译研究 [M]. 青岛：中国海洋大学出版社，2020.

曹雪芹（著），霍克思（译）.《红楼梦》[M]. 上海：上海外语教育出版社，2012.

曹雪芹. 中国艺术研究院和红楼梦研究所校注《红楼梦》[M]. 北京：人民文学出版社，2008.

张俊，沈治钧. 新批校注《红楼梦》[M]. 北京：商务印书馆，2017.

张爱玲、孔慧怡英译《海上花列传》

1. 引言

  中国文学的外译大致有三种模式：中国学者的外译、国外学者的外译以及国内外学者的合作翻译，这三种翻译方式各有优缺点（马会娟，2018）。当前我国学界已基本达成的共识是在缺乏母语译者（从外语译入母语的译者）的情况下，中国文学要走出去，最能够保障翻译质量的方式是中外学者的合作翻译，因为合译者可以充分发挥各自的语言优势，既能够保障准确理解原文，又能够保证译入语语言的可读性和译作的可接受性。

  本文拟从文本发生学的视角考察张爱玲英译的《海上花列传》手稿及孔慧怡对其手稿的修改，探索母语为汉语的译者在译入外语时可能遇到的问题以及修改者对这些问题的解决方法。具体而言，张爱玲英译的《海上花列传》翻译手稿有哪些特点？其译稿反映了母语译者英文表达有什么问题？修改者孔慧怡又是从哪些层面修改张爱玲的手稿的？与张爱玲的译稿手稿相比，孔慧怡的修改稿揭示了汉英翻译应该注意哪些问题？通过对张爱玲英译的《海上花列传》翻译手稿及孔慧怡对手稿的修改的考察[①]，我们可以了解译者逆向翻译时可能遇到的问题，并在此基础上深入探讨修改者

[①] 鉴于篇幅关系，本文考察的手稿修改内容不包括基础的语言错误，如语法（时态、单复数）的修改，以及笔误、拼写错误。

是如何修改这些问题才使得译文能够达到国外出版社的出版要求，从而对中国文学外译实践提供参考，对汉英译者亦有借鉴价值。

2. 文本发生学与翻译研究

自 20 世纪 80 年代以来，霍姆斯和图瑞等西方学者提出的描写性翻译研究扩大了翻译研究的范围，不再拘泥于译文和原文比较这样的规定性描写，开始更多地关注译文在译入语社会的功能和影响的描写研究。由于描写翻译研究侧重对单一的翻译事实的描述，缺乏对翻译产生过程的探究与解释，近些年来学界开始从认知研究的视角对翻译过程进行实证研究，尝试弥补描写翻译研究的缺点。但是，目前进行的大多数实证研究也存在着一些缺点，如实验的对象大多为翻译学习者而非专业译员（或很少专业译员），实验的环境并非译者工作的真实环境等，这使得认知翻译研究的结论缺乏一定的普遍适用性。

目前国际翻译学术界开始将文本发生学研究方法应用于翻译手稿研究则恰好可以弥补当前描写翻译研究和翻译过程研究的不足。该方法既可以对不同阶段的翻译手稿及最终的翻译文本进行描写研究，也可以通过比较不同阶段的翻译手稿及出版翻译文本来较为深入地探讨翻译文本的生成过程，解释最终文本呈现的特点，探讨译者翻译过程中可能遇到的问题、采用的翻译策略和方法，分析译者翻译修改的特点和动机。

文本发生学是一种文学研究方法。文本发生学将已出版的文本看作是文本生成过程中的一个阶段，出版文本只能部分揭示作者文本创作的特点和性质，而出版文本是文本产生过程中生成的多个文本的最后一个形态（do not consider the published text to be the complete work, but rather the last state in a continuum of textual becoming）（Cordingley & Montini, 2015: 3）。文本发生学认为，要更好地解释一部文学作品，研究者不能仅关注已出版的文本，也需要研究文本出版前与该文本生成过程中密切相关的一系列前文本（如作者创作过程中不同阶段的手稿）。

文本发生学的研究对象是"正在生产"中的文本，而不是"已完成"

的文本。文本发生学的研究重点是对文本形成的过程进行分类和研究，研究和分析文本的生成过程，了解文本形成的不同阶段中影响该文本生成的各种因素，以便更好地了解和勾勒文本创作的不同阶段。

随着文本发生学在文学研究中的兴起，发生学的研究方法便被介绍、引入翻译研究领域，有的学者甚至提出了"翻译发生学"这一概念。"翻译发生学"（Genetic translation studies）不仅可以考察译者在翻译过程中的翻译决策，也可以考察翻译作品生成的不同阶段参与其中的诸多因素如出版机构、编辑、审校者、读者等对最终翻译文本形成的影响（Cordingley & Montini, 2015: 13）。早在 1995 年，研究翻译手稿的学者便发表了一系列从发生学角度研究翻译手稿的论文，出版了论文集《文本发生学与翻译》（*Génétique & Traduction*）。2015 年国际期刊 *Linguistica Antverpiensia*（《安特卫普语言学研究》）推出了翻译发生学研究专辑，强调翻译研究中研究工作中的译者和翻译文本生成过程中文本演变的重要性。两位联合执行主编科丁利（Cordingley）和蒙提尼（Montini）在序言中指出，翻译活动不是一蹴而就的行为，译者翻译过程中可能是一边阅读原文一边进行翻译；而在后期修改阶段，译者有可能进行更大程度的文本"操作"，对正在翻译的文本进行或大或小的调整。他们认为，忽视对翻译文本生产过程的研究会导致研究者对译者在不同阶段的翻译特征及影响最终译本的因素视而不见（2015: 4）。

翻译是基于原作的一种特殊写作，翻译文本的产生是一种特殊的文本创作过程。与创作文本生成过程相似，翻译文本的生成也包括一系列的前文本，不仅包括出版文本生成前各个阶段的翻译初稿、多次修改稿，出版社编辑的编辑稿，也包括译者的翻译笔记以及译者和其他翻译活动的参与者（如作者或出版社）之间的通信等原始材料。通过分析译者对手稿的多次修改内容，研究翻译过程中译者对其翻译难点的解决以及做出的种种翻译抉择，可以重构译本的生成过程，更客观地阐释译本的最终形态，对译本做出合理的翻译批评。

目前学界有关中国文学的外译研究多为对翻译作品的描写性研究，一般通过分析已出版的最终文本（译作）来研究和分析译者采用的翻译方法和策略。这种研究忽视了文本生成过程中影响译者翻译决策和文本生成的诸多因素。而将文本发生学方法引入翻译研究，借助翻译笔记、翻译手稿等前文本材料，可以动态考察译者在翻译文本生产过程中的修改稿，探讨翻译过程中译文生产的各种可能性以及可采用的翻译策略的多样性，从而探索和呈现工作中的译者在翻译活动中的思维过程，还原最终译本的生成过程，客观再现译本形成的历史。本文拟从翻译文本发生学的视角考察张爱玲英译的《海上花列传》手稿及孔慧怡对其手稿的修改，探索将翻译文本看作是一个过程而不是完成的产品对中国文学外译的启示。

3.《海上花列传》英译：张爱玲的翻译手稿和孔慧怡的修改

张爱玲是一位优秀的双语作家。自20世纪50年代定居美国后，她曾将自己的部分中文作品译为英文，其中最有代表性的是她自译的《金锁记》。除了自译外，张爱玲还英译过韩邦庆的吴语方言小说《海上花列传》（以后简称《海上花》）。但是遗憾的是，在由孔慧怡修订的、张爱玲英译的《海上花》手稿2005年由哥伦比亚大学出版社出版之前，我们所见的仅是1982年香港《译丛》刊载的张氏英译的《海上花》第一章和第二章。2002年，《译丛》再次推出的《海上花》英译第一章和第二章则是经过孔慧怡修订后的译稿。据学者考证，张爱玲自1967年开始着手翻译《海上花》，至80年代初《译丛》发表张氏英译第一章和第二章时，其英译稿已全部完成。但是，不久"全译稿不幸遗失"，直至张氏遗产管理者宋淇夫妇发现张爱玲英译《海上花》整部手稿[①]（葛文峰，2019：97）。该手稿后经孔慧怡历时三年审校和修订，2005年由哥伦比亚大学出版社出版。

将《海上花》翻译为英语、译介给英文读者，张爱玲可以说是最佳人选。张爱玲早年就对这部描写晚清时期上海青楼女子生活的小说颇为推

[①] 张爱玲英译的《海上花列传》英译本第一、二章在香港中文大学翻译研究中心主办的《译丛》1981年"通俗小说特大号"上发表；2002《译丛》再版了孔慧怡修改过的《海上花列传》英译本第一、二章。手稿包含64回英译《海上花列传》初稿，以及两版并未完成的修改稿。

崇。一方面，由于该小说使用吴语方言写成，其中文读者长期以来寥寥无几，直到80年代张爱玲用国语译注的《海上花》在国内出版，普通读者才有幸一睹这部小说的真面貌。另一方面，张爱玲早年所受的西式教育、英文创作经验以及在美国五十多年的生活经历也使她具备了翻译《海上花》的英语水平。然而，关于张爱玲的英文水平，学界有两种相反的观点。一种认为，张爱玲的英文写作和翻译水平很高。夏志清说"不敢擅自改动她的译稿"（葛校琴，2013：77）；柳存仁在收到张爱玲投到《译丛》的译稿后，称赞其"译笔之佳，不作第二人想"（林以亮，1996：222）。另一种观点则认为，张爱玲的汉英翻译问题很多。她的英译对源语亦步亦趋，"过于注重原文，注重原文的字词，注重原文的句式"，以至于"中文读者在她的英文里读出的仍然是中文，而英文读者读出的则是她的琐碎及对中国文化的茫然不可知"（葛校琴，2013：79）。张爱玲的英文是"自修得来。这一体裁的英文是'秀才英文'"（刘绍铭，2007：123），并没能熟练掌握不同英语语体的丰富表达方式。

  作为《海上花》英译本的修订者，孔慧怡在其跋中也坦陈，她花在修改张爱玲《海上花》译稿上的时间和精力几乎可以说是重译（同上，xix）。她指出，张爱玲译稿中存在着以下四方面的问题：1）译文的语言、节奏和风格是最大问题。张爱玲手稿倾向于直译，有时甚至是字译。译文呈现出中国英语和中式英语混合的特点：行文常见汉语句法而非英语句法，多见无头句、人称代词误用以及词汇匮乏等现象。2）译稿前后文字不统一，主要表现在人名、地名和音译的拼写体系上。3）存在一些缺段或缺页现象。4）对文字游戏、成语典故、诗词酒令以及套语等内容的翻译存在的问题多（Hung, 2005: 530-531）。对于孔慧怡指出的翻译手稿中的问题，在其他学者的研究中也得到了进一步证实（张丹丹，2019；赵秋荣、曾朵，2020）。目前这些研究主要是考察《海上花》手稿和修订稿的第一、二章，仍缺乏对张爱玲翻译的《海上花》的整部手稿的具体考察。本文拟从文本发生学视角，结合具体译例的分析，重点研究张爱玲手稿的翻译特点，以及手稿是如何经过孔慧怡的修订从"遗失"走向世界的。

4. 张爱玲英译《海上花列传》手稿与孔慧怡的修改比较研究

孔慧怡在《海上花列传》英译本出版序言中,指出了张爱玲手稿翻译中存在着四个方面的问题。本文重点考察孔慧怡提出的第 1 和第 4 个问题,因为这两个问题与译者的文学翻译能力和跨文化交际能力最为相关。在先前研究的基础上,我们从以下三个方面分析孔慧怡的翻译修改:1) 语言转换;2) 跨文化交际;3) 文字游戏。

4.1 语言转换

在语言转换层面,我们主要从词语、句子和篇章三个方面来谈。下面,我们依次举例分析张爱玲手稿在语言转换层面存在的翻译问题以及孔慧怡对这些问题的修改。

4.1.1 词语

首先,翻译手稿中使用的词语表达不够准确,使译文缺少文学语言的生动性和形象性。例如:

例 1

原文:赵朴斋看了,满心羡慕;只可恨不知趣的堂倌请去用菜,朴斋只得归席。(第二回,33 页)

手稿:Simplicity Chow watched it full of envy but then the hateful waiter, uncomprehending, asked him to go and eat . He had to return to the table.

孔修改稿:Simplicity Zhao watched, full of envy. Then a kill-joy of a waiter came and asked him to rejoin the feast, so he had to return to the table.

以上例句中，我们仅讨论"不知趣的"和"请去用菜"这两个词语的翻译。张的译文分别为"uncomprehending"和"asked him to go and eat"；而孔修改为"kill-joy"和"rejoin the feast"。就词语表达的准确性而言，孔修改后的语言表达更为准确，也更为生动具体。

翻译手稿的另外一个特点是译文过于拘泥于字词的表面意义，没有译出原文的深层意义及神韵。例如：

例2

原文：（见她雪白的面孔，漆黑的眉毛，亮晶晶的眼睛，血滴滴的嘴唇），越看越爱，越爱越看（第二回，35 页）

手稿：The more he looked the more he loved and the more he loved the more he looked.

孔修改稿：The more he looked, the more infatuated he became, and the greater his infatuation, the harder he stared.

原文叙事描写简单、直白，而手稿过于拘泥于字词表面意义的翻译，连续使用"The more…The more"两次，"look"和"love"两次，不仅未能译出文字的深层含义，也未能再现男子"目不转睛呆看"女子的着迷神态。孔的修改稿通过使用"infatuation"一词，以及变换表达手法"the greater his infatuation, the harder he stared"，译出了原文的深层意义，使译文更具体也更生动，活画出了男子的呆相。

除了以上两个方面，张爱玲的翻译手稿还存在着用词单一、英语词汇量匮乏的问题。例如，在第二回中，妓女王阿二责备客官张小村爽约不来妓院时，连用了四个"来"字。紧接着，妓院的娘姨和小村的对话也谈到了爽约之事，又重复使用了三个"来"字。在短短的两段对话中，"来"字便出现了七次。"来"字在妓女和客户的对话中反复出现，有着特别的修辞意义，因客户是否"来"妓院关涉妓院的生意问题。如何译好这个词非常考验译者的语言表达的丰富性。张氏在译文中把原文几乎连续出现的七次"来"都译成"come"，译文语言读来单调乏味。相比而言，孔的修改稿用词就非常灵活，富有变化：原文的七次"来"三次译成了come，其他四次则分别修改为：You've been away all this time. We thought you were gone forever. I'm here now. I'll never set foot in this house again. 可见，孔氏的翻译修改语言表达丰富多彩，译文具有浓厚的文学韵味。

4.1.2 句子

张爱玲一生所从事的翻译实践既有英译汉也有汉译英。目前学界多认为她的翻译方法倾向于直译。其实这种论断过于武断。就汉译英而言，她的译文句式明显受到中文句子结构的影响，经常是原文一句，译成英文也是一句，忽视了英汉语句表达的差异性。特别是在原文句子较长的情形下，张爱玲的"直译"使得英文句子过长，中式英语特点明显，读来生硬拗口，缺乏文学语言叙述的节奏性。举例来说：

例 3

原文：刚至桥堍，突然有一个后生，穿着月白竹布箭衣，金酱宁绸马褂，<u>从桥下直冲上来</u>。花也怜侬让避不及，对面一撞，那后生扑趼地跌了一交，跌得满身淋漓的泥浆水。那后生一骨碌爬起来，拉住花也怜侬乱嚷乱骂。花也怜侬向他分说，也不听见。（第一回，23页）

手稿：At the Lu's Stone Bridge between the Chinese district and foreign settlements in Shanghai, **A YOUNG MAN** in a box-jacket of golden soy-paste Nanking silk worn over a cotton archery gown[*] of the palest turquoise agape at the busy scene **walked** right into a rickshaw, **fell** smack on the ground splashing mud all over himself, **scrambled** to his feet right away and **seized** the rickshaw puller, shouting and cursing wildly, deaf to remonstrances.

* Knee-length for freedom of movement, it was worn as an item of ordinary dress and had nothing to do with archery.

孔修改稿：**A young man was seen** rushing over Lu Stone Bridge, which linked Shanghai's Chinese district to the foreign settlements. **He was dressed** in a golden brown box-jacket of glossy Nanking silk, under which was an off-white cotton archery gown[1] of the palest turquoise. Surprised by the busy scene, **he bumped into** a rickshaw and fell smack on the ground, splashing mud all over himself. Scrambling quickly to his feet, **he seized** the rickshaw puller, shouting and cursing wildly at him, deaf to remonstrances.

[1] A knee-length gown of Manchu origin worn for freedom of movement. By the nineteenth century, it no longer had anything to do with archery.

例 4

原文：（看小村时，正鼾鼾的好睡；）因把房门掩上，独自走出宝善街，在石路口长源馆里吃了一段廿八个钱的焖肉大面；由石路转到四马路，东张西望，大踱而行，正碰着拉垃圾的车子下来，几个工人把长柄铁铲铲了垃圾抛上车去，落下来，四面飞洒，溅得远远的。（第二回，36 页）

手稿：（He looked at Hamlet snoring away, sleeping soundly.）So **he closed** the door and **walked** alone out of Treasured Virtue Street, **ate** a bowl of stewed pork noodles for twenty-eight copper coins at the Fountainhead Restaurant at the corner of Pebble Road and from there **turned** to Fourth Avenue, **peered** right and left and **ambled** on going for a stroll in a big way, and just **happened** to meet the garbage carts coming down, several workers shoveling up garbage with long-handled spades tossing it up the carts, some of it falling, flying and spraying afar.

孔修改稿：（Rustic was still snoring away,）so **he closed** the door and **walked** alone down Treasured Merit Street. **He had** a bowl of stewed pork noodles for twenty-eight copper coins at the Fountainhead Restaurant on the comer of Pebble Road. From there, **he turned** onto Fourth Avenue, peering around him before setting off again with a long leisurely stride. **He happened** to come across the garbage carts making their way along the street. Several **workers were shoveling up** garbage and tossing it up into the carts, with some of it spraying in all directions.

对比以上例句中的两个译文，可以发现，手稿都是一句英文对应原文一句中文，而孔氏的修改稿则分别拆分为四句和五句（具体见译文黑体标志的主谓语部分）。原文是典型的中文连动句，连续使用多个动词；张氏的译文亦步亦趋，也连续使用了多个动词。相比之下，孔氏的修改稿通过重新组织句子，使用了多种伴随状语形式（如分词短语、动名词短语以及介词短语等），更符合英文的叙述方式，句子组织自然流畅，表达清楚明白，富有节奏感。特别是例4中最后一个动作的描写，原文是"正碰着拉垃圾的车子下来，几个工人把长柄铁铲铲了垃圾抛上车去，落下来，四面飞洒，溅得远远的"。该场景描写与上半句的场景描写完全不同，但是张氏的翻译却将此处的描写处理为分句，不仅使得这一场景的描写重点不够突出，也使得读者阅读时有喘不过气来的感觉，缺乏原文描写的形象性和生动性。

4.1.3　段落篇章

汉英两种语言的差异还体现在段落篇章层面。这一层面因更能体现文章段落组织的整体性，汉译英中如果忽视了英文语篇段落的衔接与连贯，不注意调整语言在段落篇章层面的差异，仍亦步亦趋中文语句表面结构的表达方式，译文读来或显得支离破碎，或使读者不知所云。遗憾的是，手稿中有些段落的叙述不论是形式上的衔接还是语义上的连贯都存在着不少问题。请看下面的两个例子：

例 5

原文：淑芳没奈何，回至床前，心里兀自突突地跳，要喊个人来陪伴，又恐惊动妈，只得忍住，仍上床拥被危坐。（第二十回，218页）

手稿：There was nothing she could do except to go back to bed, her heart still pounding. She could call somebody to keep her company, only she was afraid to alarm her mother, had to keep it to herself and got back to bed sitting bolt upright, hugging the blankets to herself!

孔修改稿：There was nothing she could do about it. **When** she got back to her bed, her heart was still pounding. She wanted to call somebody to keep her company, **but** was afraid to alarm her mother, **so** had to give up the idea. **Instead,** she just sat on the bed, hugging the quilt!

原文是对病中的女子淑芳在受到惊吓后的心理描写和动作描写。除了语病外，手稿紧贴原文组织英文句子，中式英语特征明显。而修改稿通过拆分和重新组织英文句子，突出了淑芳的身体动作和心理活动；通过增添多个衔接词语，如"but""so""Instead"，使得译文更为符合英文写作重形合的特点，增强了小说的可读性。

例 6

原文：莲生吸了几口烟，听那边台面上豁拳唱曲，热闹的不耐烦，倒是双玉还静静的坐在那低头敛足弄手帕子。莲生心有所感，不觉暗暗赞叹了一番。（第十回，120页）

手稿：He smoked <u>a couple of pellets</u>, heard the finger game and the singing <u>at table over there</u>, so merry it was irritating, while Twin Jade <u>still sat there</u> quietly with her head bowed and her feet tucked away, playing with her handkerchief. Lotus Son sensed something in his heart and before he knew it was secretly admiring her with a sigh.

孔修改稿：He smoked a couple of opium pellets, and was somewhat irritated by the noise of the finger game and singing in the next room. The way that Twin Jade just sat there quietly, with her head bowed, her feet tucked under her skirt and her hands playing with her handkerchief seemed most appealing to him. He sighed and couldn't help but admire her sensibility.

原文描写王莲生因为两个女"先生"为他大打出手而心中郁闷，晚上与朋友小聚时提不起兴致，故妓院老板请妓女周双玉坐陪解闷。对比两段译文，可以发现手稿受汉语语法和行文结构的影响非常明显，译文呈现出典型的中式英语特征。另外一个明显的不足是手稿没有能够译出原文内在的连贯性。译文第一句前半部分描写了王莲生的烦躁，后半句用并列词 while 引出的从句刻画了周双玉的无语相陪；而紧接着则描写了王莲生对周双玉静坐相陪的赞叹。这样组织段落就使得王莲生后面的赞叹原因有所缺失。而修改稿通过将手稿的第一句拆分为两句，特别是第二句通过重新组织架构句子，用"The way... seemed most appealing to him"译出了下文王莲生赞叹的缘由，从而使得行文叙述具有逻辑性和连贯性，译文文气通畅，可读性增强。

4.2 跨文化交际

《海上花列传》是用吴语方言写成的一部关于晚清妓女生活的小说，蕴含着丰富的文化内容。翻译时译者首先需要面对的是吴语中特有的文化词的翻译。就一国语言特有的文化词翻译来说，通常的翻译方法是用文内外添加注释的方法，通过提供较为详细的解释，帮助译入语读者更好地理解作品。这种方法使用的数量以及添加注释的程度能够较明显地体现出译者对于文学翻译中跨文化交际的态度以及译者的文化地位。孔慧怡认为，文学翻译应摒弃学术研究中对琐碎细节的详尽注释。翻译作品中添加的注释是为了提高小说的文学鉴赏和美学效果，应仅限于那些对人物和情节的理解有直接帮助的内容。如果要帮助译文读者更好地理解小说发生的故事背景或小说中相关的文化内容，译者完全可以用副文本的形式进行专门介绍（Hung, 2005: 532）。所以，孔慧怡在修改手稿时，遵循着一个注释原则：即能不用注释则尽量不用；不得不用时，则尽量用文内注释（融合到行文中）。对比手稿和修改稿，可以发现，张爱玲手稿中对相关文化内容的注释不仅数量多，而且文字长；而孔慧怡的修改稿中，注释的数量和字数则大幅减少。举例来说：

例 7

原文：堂倌送过烟茶，便请点菜。洪善卿开了个**菜壳子**（**注一**）另外加一汤一碗。 堂倌铺上台单，摆上围签（**注二**），旋亮了**自来火**（**注三**）。（第二回，32 页）

手稿: After serving tobacco and tea the waiter asked them to order. Benevolence Hung ordered <u>a basic menu (1) with one extra soup and dish.</u> The waiter spread a tablecloth over the table, set out <u>the wei-chieng, (2)</u> two large compartmented dishes of nuts and sweetmeats, and turned up <u>the gas light</u>.

孔修改稿: Having served them tobacco and tea, the waiter took their order. Benevolence Hung ordered <u>a basic menu with the addition of a soup and another main course.</u> The waiter laid a tablecloth over the table, set out <u>two large plates of nuts and sweetmeats,</u> and turned up <u>the gas light</u>.

以上原文描写了晚清时期饭店就餐点菜的情形。在张爱玲翻译的中文版中，以上短短的三句描写添加了三个注释：菜壳子、围签和自来火；而其英文手稿则摒弃了注释三，保留了对注释一和注释二的翻译。孔氏的修改稿则直接删掉了手稿中的注释，直接在行文中采用英语中的对应表达（见划线部分），从而避免了译文中添加过多的文外注释带给读者的阅读不便以及行文的拖沓累赘。

除了尽量减少手稿中对文化内容的注释，孔氏的修改稿还体现出译者很强的读者意识：必要时尽量**增添相关文化内涵的阐释或补充相关信息**，以便于译语读者的理解，提高译文的可读性。例如：

例8

原文：见胖子**划拳**输了，便要**代酒**；胖子不许代，一面拦住他手，一面**伸下嘴去要呷**（第二回，32页）

手稿: Seeing that the fat man had lost at finger game she wanted to drink for him but the fat man would not let her, warded off her hand and bent down to sip it.

孔修改稿:

Seeing that the fat man had lost at <u>the drinking game</u> "guess fingers", she offered to take <u>the penalty cup</u> of wine for him. The fat man refused, shoved her hand away, and bent down <u>to pick up the cup himself.</u> (8)

对比手稿和修改稿，可以发现，除了词语修改，修改稿还补充了三个信息点："划拳"（guess fingers）和"代酒"（take wine for him）两个短语前分别增添了解释性词语"the drinking game"和"the penalty cup"；"伸下嘴去要呷"亦不是表面上的等值翻译"bent down to sip it"，而是在弯腰（bent down）后补充了取酒杯的动作（to pick up the cup himself），从而与下文的叙述一倌人将那一杯酒"与他娘姨吃了；胖子没看见，呷了个空"衔接自然。类似这样的文化内容在语义上的补充还有很多，因篇幅关系，此处不再举例。

4.3 文字游戏

文学作品的一个重要功能是其娱乐性和消遣性，这体现在文字游戏的运用上尤其明显。由于文字游戏是基于源语语言和源语文化创造的，具有很强的抗译性，要将文字游戏成功地翻译为另一国文字，再现相似的审美趣味和娱乐效果，不仅需要译者具有文字创新能力，还需要译者娴熟地掌握译入语语言，利用译入语语言特点创造出具有同样娱乐性的文字游戏。可以说，文字游戏能否成功翻译为另一国语言和文化最能够展示一个译者的文学翻译能力。请看下面的例子：

例9

原文：（这次的聚会子富抽掉了黄翠凤的局票，不请她过来了）子富道："耐看俚昨日老晚来，坐仔一歇歇倒去哉，啥人高兴去叫俚嗄。"汤啸庵道："耐（要勿）怪俚，倘忙是转局"。子富道："转啥局！俚末三礼拜了六点钟（注二）啰！"啸庵道："要俚哚三礼拜六点钟末，好白相哕。"（第六回，80页）

手稿：

"Look at her yesterday, coming so late and gone after sitting for a little while ," said Rich Lo. "Who feels like calling her!"

"Don't blame her," Whistler Tang said. "Probably had to go to another party."

"What other party! She's 'three weeks, six o'clock !'".* said Rich Lo.

"It's more fun to get them to be 'three weeks, six o'clock,'" said Whistler.

* Anagram for the character "vinegar" which stands for jealousy on account of the sour taste. One half of it is the hour of yiu, 6 p.m. The other half says twenty-one days—three weeks, which shows Western influence.

孔修改稿："Didn't you notice yesterday that she came late and left only after a little while?" asked Prosperity Luo. "Who'd want to call a girl like that!"

"Don't be angry with her," Whistler Tang replied. "She probably had to go to another party."

"What other party! She was just living up to her name!" said Prosperity Luo.

"Don't you enjoy making them go green with jealousy?" was Whistler's answer. (45 页)

上面这段对话的翻译，手稿中存在的问题除了受原文字词的束缚，没有根据语境翻译字词的意思，以及受原文句式的影响，错误地使用了无主句外，最大的问题是没有译出原文的文字游戏，没有再现人物"一语双关"的语言特色。根据张爱玲译注的《海上花列传》国语本，"三礼拜六点钟"是拆字格谚语，下午六点钟是酉时，三星期是二十一日，合成"醋"字。手稿对原文文字游戏的翻译是字面翻译，难免使英语读者困惑不解，摸不着头脑，不知道这段对话到底是什么意思。而孔氏的修改稿则将文字游戏的翻译与这里的谈话对象黄翠凤的名字（Green Phoenix）巧妙联系起来，借助英文短语 green eyed monster 有"嫉妒"之意，巧妙地译出了原文的双关含义（见原文划线部分）(Hung, 2002: 98–99)。

4.《海上花列传》英译对中国文学外译的启示

近些年来，中国文化"走出去"已经上升到国家战略的高度，中国政府对于作为"软实力"范畴的文学给予了前所未有的重视和关注。与之相应的是，中国文学外译的质量及其传播和接受问题亦成为学界关注的话题。英国汉学家詹乃尔（W.J.F. Jenner）认为，中国文学外译翻译质量不高，主要是由两个原因造成的：其一是翻译方法问题。有的译者在翻译文学作品时倾向于使用"最先想到的词语，尽可能地把字面意思译出来"，错误地以为"好的译文既能保留原文的句子结构，又能将原文的意义明白易懂地译出来"。其二是译出方向（译者从母语译为外语）问题。中文母语译者的英文翻译经常存在着用词不当、不会娴熟使用日常的英语表达、句子或段落过于生硬堆砌、人物对话翻译经常是"说不了的对白"（不是英美人日常使用的口头表达用语）、行文节奏不自然以及不会根据语境灵活运用多种英语变体等问题。据此，詹乃尔进一步指出，汉语为母语的中国译者英译文学作品时存在着一个致命的问题：

> 如果译者的母语是汉语，（在译入英语时）他或她所面临的几乎是一个不可能完成的任务（当然有时也不完全如此）：既要能够驾轻就熟地使用英语，又要能够对英语的句子节奏和语域具有一定的敏感度。一门语言，如果一个人没有从小就生活在其中，要想达到这种熟练程度是相当困难的，在使用口语化的表达时尤其如此。……用一门外语来生动表现文学作品这一难题几乎很少有人能够成功逾越（马会娟，2019：162-163）。

结合上文对张爱玲翻译手稿的分析可以看出，张氏手稿几乎存在着詹乃尔所说的所有问题：英语词汇量匮乏、用词不当、句子或段落缺乏节奏，遣词造句和整体行文受制于英文表达，句子结构有明显的汉语痕迹，人物对话不够自然，等等。而且，在跨文化交际的有效性以及文字游戏的不可译性方面，手稿也反映了译者的捉襟见肘，没有能够发挥自己创新的文学能力，从而使得译文缺乏可读性和文学性。

上文谈到，张爱玲早在20世纪50年代就用国语翻译了中文版《海上花列传》，80年代初期又在《译丛》发表了其英译的第一和第二章，自此后译稿"遗失"不传。我们如何解释其译稿的"遗失"呢？可能的情形是，张爱玲80年代已经完成了《海上花列传》的英译（手稿资料整理者曾指出，该翻译手稿有多个修改版本），有意拿出两章译文来看一下英语读者（包括专业读者如《译丛》的主编和编辑）对其翻译的反应情况。小说第一、二章的译文虽然得以在《译丛》发表，但是其过程与结果可能令她失望（例如，其译稿被编辑有不少改动）。另外，张爱玲之前曾把自己的多部中文作品自译为英文，其译稿也多次遭到英美出版社的退稿，因此她有可能清楚地意识到她的译文离英美出版社的出版要求还有较大的距离。在此情形下，她声称手稿"遗失"也就可以理解了。

幸运的是，在张爱玲去世后，她的手稿"被发现"并交由哥伦比亚大学出版社之后，出版社联系到了英语为其母语的"高手"译者孔慧怡。后者历经20余月，大改手稿达60%之多，才将张爱玲英译《海上花列传》以饷天下读者的夙愿实现。而这夙愿的实现，离开了孔慧怡的修改，则几乎是不可能的——张爱玲手稿中的种种翻译问题在国外出版社编辑的手下是很难通过的，出版更是不可能。

《海上花列传》英译在国外出版令我们感到由衷高兴，此外，张爱玲的手稿从"遗失"到经孔慧怡的修改在英语世界"面世"还带给我们一些有益的思考。在中国文学外译的大潮中，译者的翻译方向最好是译入而不是译出；译者的翻译能力并不仅仅是语言转换的能力，更重要的是译入语的语言表达能力、跨文化交际能力和文学翻译的创新能力。如果是母语译者发起的译出翻译，后期最好由译入语为母语的有经验的译者进行文字修改和润色。文学作品外译遵循的原则和采取的翻译方法最好是译入语读者喜闻乐见的翻译文学而不是充满文化注释的学究性翻译。唯有处理好以上问题，由中国译者翻译的文学翻译作品的质量才能够保障，促进中国文学翻译作品在译入语社会的出版、发行和传播。

【参考文献】

Cordingley, A., & Montini, C. "Genetic Translation Studies: An Emerging Discipline" [J]. *Linguistica Antverpiensia, New Series: Themes in Translation Studies*, 2015 (14): 1–18.

Hung, E. "Afterword" [A]. In *The Sing-song Girls of Shanghai*, trans. by Chang, Eileen and Eva Hung. New York: Columbia University Press, 2005: 530–531.

Hung, E. "Collaborative Translation — or What Can We Learn from the Chinese Translation Tradition?" [A]. In *Proceedings of the 5th National Workshop on International Symposium on Chinese-English Comparison and Translation Organized by Association for Comparative Studies of English and Chinese*. Yang Zijian (ed.). Shanghai: Shanghai Foreign Languages Education Press, 2002: 86–108.

韩邦庆（著），张爱玲（译注）.《海上花开》[M]. 北京：北京十月文艺出版社，2009.

葛文峰.《香港〈译丛〉与中国文学的翻译传播》[D]. 北京外国语大学博士论文，2019.

葛校琴."'信'有余而'达'未及——从夏志清改张爱玲英译说起"[J]. 中国翻译 1，2013：76-79.

林以亮."翻译《海上花》"[A]. 载季季、关鸿编.《永远的张爱玲——弟弟、丈夫、亲友笔下的传奇》. 上海：上海学林出版社，1996：221-226.

刘绍铭.《到底是张爱玲》[M]. 上海：学林出版社，2007.

马会娟.《汉学家论中国文学翻译》[M]. 天津：南开大学出版社，2019.

马会娟."中国文学由谁来译？"[N]. 社会科学报，2018-08-23.

张丹丹."译出－译入模式下中国文学英译修改过程研究——以《海上花列传》英译为例[J]. 中国翻译 3，2019：114-123+190.

赵秋荣，曾朵."译者自我修改与编辑校订研究——以《海上花列传》的英译为例"[J]. 语料库语言学，2020：1-12+112.

陶忘机英译乡土小说
《到黑夜想你没办法》

1. 引言

  中国乡土小说翻译是 20 世纪中国文学外译的重要组成部分。乡土小说以地域风土、民情习俗、民间文化为指向，而对风土民情与地域文化的描写则构成了乡土文学的核心内容。"乡土文学"的概念最早由周作人、郁达夫 1927 年在讨论《农民文艺的实质》时提出（王光东，2011：7）。1935 年鲁迅明确使用了"乡土文学"的概念，并指出乡土文学的三个基调：即"隐现着乡愁""充满异域情调来开拓读者的心胸"和"侨民文学"（鲁迅，2009：86）。茅盾强调，乡土文学不单是特殊的风土人情，而"应该有普遍性与我们共同的对于命运的挣扎"（引自王光东，2011：20）。

  乡土语言是构成乡土小说的重要因子，目前我国学界对"乡土语言"的界定尚未达成共识。刘恪认为乡土语言包含三个因素：第一，乡土语言是地方性符号，即具有当地命名特征。第二，乡土语言是一种地方性思绪，与地方民俗土语相关。第三，乡土语言是一种地方性气韵，说话有地方的语音语调（刘恪，2013：105）。周领顺高度概括了乡土语言的研究内容，认为应包括熟语、惯用语、谚语、歇后语、俚语、成语、格言、俗语和方言等（周领顺，2016：78）。汪宝荣认为，乡土语言应包括"地域方言、社会方言、地方惯用语及俗谚熟语等"（汪宝荣，2016：106-107），乡土语言进入文学作品后可以称作"文学方言"（汪宝荣，2015：40）。文学方言与乡土主题结合后则构成乡土小说（任东升，2017：13）。以上学者的观点并不尽相同，但是都强调方言俗语的使用和对地域风土人情的描写是乡土小说的重要组成部分。

山西作家曹乃谦的《到黑夜想你没办法》是中国当代乡土小说的代表性作品之一。1997年，曹乃谦完成小说集"温家窑风景"系列中最初五篇，并在汪曾祺的推荐下发表在《北京文学》1988年第6期。小说发表后获得当年《北京文学》新人新作一等奖，后相继转载至《小说月刊》《博益月刊》等多种期刊。瑞典汉学家马悦然推荐该小说在台湾出版并亲自写序，2005年台湾天下文化远见出版股份有限公司出版该书的繁体中文版。2007年，该书的大陆简体中文版出版，被《人民日报》等30多家国内新闻媒体评选为十大好书（曹乃谦，2014：252）。

小说以虚构的"温家窑"为故事地点，描述了1973—1974年间雁北农民的生存状态。整本书由30个内里相扣、互相穿插的人物和事件作为故事基石，嵌入15首"要饭调"和有关婚丧嫁娶等民俗习惯的描写，搭起并上演了一场浓郁的晋北大戏。曹乃谦钟爱方言写作，认为"方言土语表达得准确，写起来顺溜。"（曹乃谦，2010：218）曹乃谦以白描式的叙述和简约的对话来讲述故事，而大量雁北方言的使用，使得小说乡土语言特色浓郁。本文拟考察以下问题：曹乃谦小说中浓厚的雁北方言和晋北特色文化是如何翻译为英语的？译文如何体现小说中文学方言的特色？该小说英译本在海外的接受情况如何？通过对以上问题的回答，探讨中国乡土文学如何通过译介更好地走向世界。

2.《到黑夜想你没办法》中文学方言的英译策略统计

本文拟考察的英译本 *There's Nothing I Can Do When I Think of You Late at Night* 由美国汉学家陶忘机（John Balcom）翻译，2009年由哥伦比亚大学出版社出版。与中国当代其他乡土作家在作品中有节制地使用方言不同，曹乃谦几乎把雁北方言的整套系统都"照搬"到小说的创作中。汪曾祺夸赞曹乃谦的"语言很好"，"好处在用老百姓的话说老百姓的事"（曹乃谦，2007：234）。但是，大量方言的使用容易给读者造成一定程度的阅读障碍。译者在英译本前言中指出，"要在英语中传达方言的特性几乎是不可能的"。为了准确翻译，译者编写了小说中与生态、物质文化、社会相关的词汇条目多达 50 页，涉及文化、组织、习俗、思想和方言俚语等（Cao, 2009: IX）。

山西方言大体分为六大方言区[①]。曹乃谦是山西应县下马峪人，小说中的应县话属于雁北语言，是晋语中的五台片，包括山西北部 17 个县市（詹伯慧、张振兴，2017：484）。根据《应县方言研究》（蒋文华，2007）《晋语·应州方言例释》（张溥，2017）《汉语方言学大词典》（詹伯慧、张振兴，2017）对应县方言的界定，然后对《到黑夜想你没办法》中方言词汇总数进行统计，得出原作中涉及动词、名词、形容词、副词、拟声词和助词的方言共计 366 个。

为了更好地分析译本中文学方言的英译策略，我们根据艾克西拉（Aixelá）提出的文化专有项 12 种翻译策略，对《到黑夜想你没办法》中的文学方言翻译策略进行标注。这些策略依次为：1）重复法：照抄原文；2）转换拼写法：转换拼写系统，包括音译法；3）语言翻译法：保留原文文化专有项的指示意义；4）文外解释：运用脚注、尾注、词汇表等手段解释；5）文内解释；6）同义词替换法；7）有限世界化：用译文读者较熟悉的其他源语文化专有项进行替换；8）绝对世界化：选用中性指示词翻译文化专有项；9）归化译法；10）删除法；11）自创译法；12）淡化译法：用译语中"较温和的"词替换"过于强烈"的词语（Aixelá, 1996: 52–78）。在此基础上，我们对译文中方言词翻译策略的数目、译文中使用的 10 种翻译策略的占比情况进行统计、汇总，翻译策略比例分布情况如表 1 所示：

---

① 山西方言大体分为六大方言区，即：晋南方言区、晋东南方言区、晋中方言区、晋西方言区、忻州方言区、雁北方言区（郑夫川，2014：12）。

表1 方言翻译策略数据总表

方言数	绝对世界化/占比（%）	淡化译法/占比（%）	归化/占比（%）	音译/占比（%）	语言翻译/占比（%）
366	196/53.5	49/13.4	31/8.5	23/6.3	19/5.2
	删除法/占比（%）	语言翻译+音译/语言翻译+文内解释/占比（%）	有限世界化/占比（%）	同义替换/占比（%）	创译/占比（%）
	18/5.0	17/4.6	9/2.4	3/0.8	1/0.3

由上表可见，首先，译文中占比最高的文学方言翻译策略是绝对世界化，占比达53.5%；而占比最少的是创译，仅为0.3%。占比最高的绝对世界化策略采用"目的语的规范形式翻译原文中的形式特征"，从而使得译文无明显方言痕迹，"译文表现出明显的标准化倾向"（Toury, 1995: 268）。其次是淡化译法，占比为13.4%，主要用在部分过于强烈或在某方面不可接受的精神民俗类方言词汇和粗俗俚语中。最后是归化译法，占比为8.5%，主要用在目标语中可以找到文化专有词的语言民俗类方言中。绝对世界化、淡化译法和归化都有去方言特征，这与译者在前言中提到的"以简净洗练的标准英语还原方言原意"（Balcom, 2009: IX）的翻译策略基本一致，是译者偏向"读者/社会"的社会性"务实"行为（周领顺，2014a: 97）。删除法主要用在儿化音、作前缀的"圪"、作后缀的"生生"以及语气助词"哇"等，如：译文中删除了所有用在否定副词后用来加强语气的句末语气词"价"；音译、语言翻译与音译或文内注释相结合主要用在称谓语、象声词和度量衡单位中，解释可以给译文读者提供影响特定文本创作和接受的语言和非语言因素（陶忘机，2019: 126）。语言翻译法主要用于禁忌语和"要饭调"的翻译中，体现出译文偏向作者/原文的语言性求真（周领顺，2014a: 97），但目的语读者难以理解其中的文化内涵；有限世界化与同义替换的比例较少，主要用在个别粗俗语的翻译中，如将"球什"译为"not fucking good"和"idiot"等不同词语。仅有的1例创译用在助词"啵"中，插入了原文中不存在的一个文化专有词"pituy"。下面我们将主要以民俗文化的翻译为例具体分析陶忘机对小说方言的英译策略。

3. 《到黑夜想你没办法》中文学方言的英译策略分析

乡土文学反映了特定地方的民俗文化。民俗学专家钟敬文从内容上将民俗文化分为四类，分别是物质民俗、精神民俗、社会民俗和语言民俗（钟敬文，2010）。下面我们将从这 4 个方面探讨译者对地方民俗方言词的翻译策略。

3.1 物质民俗类方言词

物质民俗类方言词包括饮食、服饰、居住等，如表 2 所示：

表 2 物质民俗类方言词的翻译

原文	译文	翻译方法
西房	western room	（3）
脖工	someone from each household was asked to contribute neck work	（3）+（5）

雁北地区农村的民俗是"东为大，西为二"（曹乃谦，2012：66），所以在《柱柱家》一文中，柱柱和二柱兄弟俩朋锅以后，哥哥住在东房，弟弟住在西房。因此，将"西房"直译为"western room"而不加注释，抹去了"西房"在原文中的语义文化特征，译文充分性有所损失。乡土文学必须有仪式的东西，仪式在某种意义上也是乡土的规范（刘恪，2013：110）。温家窑的习俗是村民快盖完房需要安装门窗时得请村民做上门窗脖工。脖工原指毛驴脖子痒痒时就叫别的毛驴用嘴挠，毛驴的这种相互帮着啃脖子止痒的做法叫脖工。上门窗的活不多，主要是为了请村民吃油炸糕庆祝新房建成。译文中采用语言翻译法加文内解释的方法再现了该语境下的文化内涵，从而帮助读者向作者／原文靠拢，表现出译者严谨务实的态

度（周领顺，2014a：109）。

3.2 精神民俗类方言词

精神民俗类方言词涉及民间信仰、巫术、禁忌、哲学伦理与民间艺术等方面，如表 3 所示：

表 3　精神民俗类方言词的翻译

原文	译文	翻译策略
坐在天坑	Suffered/unlucky fate	（8）
妨主	disturbing	

"天坑"是迷信的说法，指陷阱、不吉祥方向。除了四季天坑外，当地人认为按农历月份也有天坑方向（曹乃谦，2012：68）。目的语中无"坐天坑"的对等项，对原文意义"求真"之无力（周领顺，2017：24），所以译者通常以本土语言和话语方式改写异域文本（Venuti, 1998: 67）。陶忘机将标准语当作翻译规范，选用无文化色彩的中性词汇进行替换，"如果我把非标准的普通话翻译成非标准的英语，我会受到指责"，因而"用标准的美式英语来理顺语法和翻译"（Balcom, 2006: 128）。这符合周领顺提出的"务实高于求真"的译者行为规律：即译者为了迎合读者的务实需要，着力使翻译市场化（周领顺，2014a：254）。

3.3 社会民俗类方言词

社会民俗类方言词涉及人际交往、人生礼仪和岁时节日等。如表 4 所示：

表 4　社会民俗类方言词的翻译

原文	译文	翻译方法
娶鬼妻	ghost wife	（3）
朋锅	sharing the same woman	（8）
拉边套	help in all things	

小说中谈到婚丧嫁娶的民俗习惯，反映当时农民的生活思想面貌和时代精神。从上表可以看出，译者对于易于理解的社会民俗如"娶鬼妻"选择"求真"而尊重原语文化，采用语言翻译法，让本土文化得以传播；而对可能引起误解的民俗现象如"朋锅""拉边套"则采用绝对世界化译法，使用无文化色彩的标准英语降低理解难度。"朋锅"有两层含义：一是指合伙在一块儿吃饭的生活形式；二是指男女姘居。这里译文意译为"sharing the same woman"传达了原文的含义，但牺牲了原文中含蓄民俗意义和方言凸显人物社会关系的功能。

3.4　语言民俗类方言词

语言民俗主要由民俗语言和民间文学构成。语言民俗类方言词指有特定含义、反复出现的套语，如方言、俗语、谚语、俚语、禁忌语、称谓语、禁忌语等；民间文学类方言词主要有民间传说与故事、民间歌谣与说唱等。下面从方言、俗语、谚语、粗俗俚语和雁北民歌"要饭调"五个方面分析语言民俗类的翻译策略。

原作的文学方言主要用来标识雁北的民俗事象。当文学作品中的词汇、形态句法或形式特征等方面偏离了普通语言的规范时这些语言特征就被"前景化"，偏离可表现为语言形式的不规则性。小说中使用的非常规词汇，如"简直简""日每日"等文学方言直接模拟真实口语，如：

（1）丑帮<u>简直简</u>高兴死了（曹乃谦，2007：10）。
Chou Bang was <u>very</u> happy (Cao, 2009: 11).

（2）锅扣是温家窑村<u>日每日</u>要喝酒和<u>日每日</u>都能喝得起酒的人。（曹乃谦，2007：10）

In the Village of the Wen Clan Caves, he was one who wanted to drink <u>every day</u> and was able to do so.（Cao, 2009: 11）

译者未保留原文的语言变异风格，而是通过绝对一般化的翻译策略将非常规的词语替换为合乎英语语法规范的非正式语体中的程度副词"very"和时间状语"every day"来再现原文的口语化风格。虽然使用译语中的标准语来翻译方言其效果差强人意，但是已经成为一种翻译共性（Pinto, 2012: 159）。标准化译法淡化了原文文学方言的特征，损失了原作中方言带给读者的陌生化效果，但是另一方面却为译作赢得社会接受度。

俗语也叫熟语，包括成语、谚语、格言、俚语、歇后语等，是约定俗成、广泛流传于某时某地的口语（马国凡、马叔骏，1998：2）。俗语不仅可以反映某一地区的"风土人情、风俗习惯和文化传统"（周领顺，2016：78），还可以增添小说语言的风趣和幽默。如：

（3）鸡子还要匹匹蛋，狗子还要连连蛋。（曹乃谦，2007：80）
Chickens and dogs are all mated.（Cao, 2009: 78）

"匹蛋"也作"夋蛋"，指公鸡为母鸡授精。由于译文中无对等文化专有词，使用绝对世界化替换为中性词。

谚语和歇后语常常反映社会活动经验，如：

（4）油炸糕，板鸡鸡，谁说不是好东西。（曹乃谦，2007：54）
Everyone knows deep-fried cakes and pussy are good things.（Cao, 2009: 53）

（5）隔着玻璃亲嘴儿你瞎解瘾。（曹乃谦，2007：102）
Like kissing through glass, trying in vain to relieve your desire.（Cao, 2009: 101）

143

例（4）中，"油炸糕"是雁北地区逢年过节或生日婚宴等应酬大事的首选主食。从方言到民俗往往通过谐音和喻义产生，谐音产生心理联想，投射到特定的人或事上，便产生了一种喻义。这里"糕"谐"高"音，兼有高升兴旺之意。所以，糕在雁北人的生活中有着特殊的民俗含义。为了满足读者/社会，在翻译内，译者着力提高可读性（周领顺，2014a：254）。译者通过绝对世界化翻译法，选用中性的指示词"deep-fried cakes"再现"油炸糕"的字面指示意义，但是对"炸糕"的文化内涵意义并未完全传达。"板鸡鸡"在雁北方言中多用来指代女性生殖器，使用禁忌语"pussy"再现谚语的通俗形象化特点，传达了俚俗的文本特征。例（5）属于歇后语，具有很强的诙谐性。译者通过语言翻译法实现了后半句的"后衬"对前半句"引子"的解释，再现了歇后语的幽默含义。

粗俗俚语既是表达发话主体感情的通俗口头词语，又是一种特殊的民俗现象。原文中共出现19种粗俗语，主要有以下三种类型：

第一类，也是原文中出现次数最多的粗俗俚语类型就是骂人血统不正、以性器官（行为）骂人，还有以长辈自居的粗俗俚语，例如：

（6）<u>爷日死你妈们</u>的<u>灰祖祖</u>！（曹乃谦，2007：208）
I <u>fuck</u> your <u>damned ancestors</u> to death!（Cao, 2009: 206）

例（6）中划线部分均为粗俗语，"爷"属于以对方长辈自居、故意错用称谓的粗俗俚语，在雁北地区表示侮辱。原文"爷"的粗俗俚语有11处，4处通过归化译为"Your old man"，7处用删除法。"灰"的主要义项有"灰色""愣""傻""惨"等。"灰"可作词根，加上叠音后缀，构成"ABB"式形容词，如上句中的"灰祖祖"。通过有限世界化，使用英语口语中的咒骂语"damned"替换"灰"的指称含义，保留了粗俗语的社会文化意义。

第二类，把人比作物体或动物的粗俗语。如"驴""羊"等贬损类粗俗语。例如：

（7）骂死心眼儿的人是"你一个<u>死疲羊</u>。"（曹乃谦，2007：135）
Why are <u>stubbornly stupid</u> people cursed as sheep?（Cao, 2009: 134）

译文通过淡化译法，使用标准英语中"stubbornly"来表达詈骂语的指示意义，但是感情色彩不及"死疲羊"强烈。这种方言标准化译法一直是翻译中"应用最普遍的翻译策略"（Rosa, 2012: 87–89）。皮姆从经济学和管理学角度提出"风险管理"，解释了译文趋向"标准化"是译者为了降低或转移交际风险，是规避风险的策略（Pym, 2008: 325–326）。

第三类，感叹性詈骂语。如：

<u>好狗日的</u>酒。（曹乃谦，2007: 56）
Good fucking wine.（Cao, 2009: 55）

叹词在文中具有很好的声音效果，反映某种言语行为或话语类型。叹词可表达肯定或否定的情感（李欣，2017: 3）。这里用来强调酒好喝。以英语中的粗俗俚语"good fucking"突出说话者好不容易喝到酒的激动心情，再现了原文中的语气强调功能。

"要饭调"是晋北农村地区以讨饭人群为主体传唱的、蕴含社会现状和民情民俗的民歌。这种民歌也被称为"爬场稠""挖莜面"等，表达了黄土高坡的民俗文化和地域风情。《温家窑风景》中引用了15首"要饭调"，利用民歌所负载的民间意义建构小说的内涵表达。"要饭调"是与雁北方言紧密结合的民歌，每行字数和音节数量相等。歌词中有大量的叠词来增强节奏感和韵律感。原作中穿插了15次"要饭调"，共计46句。译文中的"要饭调"出现14次，共计44句①。在44句译文中，译者通过语言翻译法对唱词进行求真性处理，保留文化专有项的指示意义，例如：

白羊肚手巾方对方
咱俩心思一般般样
红公鸡站在碌碡上
不能说的话用嘴唱（曹乃谦，2007: 48）

---

① 贵举老汉唱给温善家的两句"黄米粽子蘸饴糖，不如妹妹的唾沫香。"译者省略未译。译者认为中国当代作家文风普遍冗长，不符合西方出版界及文学界的一般模式。在尽可能与编者及原著作者共同协商前提下，适当删节原著以适应西方读者阅读习惯（Balcom, 2008: 23）。

  Two white hankies face to face
  Our hearts are as one.
  A red rooster sits atop a stone roller
  Singing what cannot be said. (Cao, 2009: 58)

  民歌翻译不仅需要再现原文的形式与意义，还要求歌词与歌曲的节奏相协调进而实现可唱性。这首"要饭调"中"白羊肚手巾""红公鸡"与"碌碡"3 个意象生动地再现了雁北地区典型的农村风情。歌词中使用口语化的用词和低语域的措辞，注重尾韵的工整与对仗，原文四句都押 /ang/ 韵，但是译文未采用"以歌译歌"的格律进行押韵，译文多以单音节单词为单位，辅以轻重音的有规律间隔交替来翻译"要饭调"，基本实现达意。虽然译者"力求忠于作者的风格和原文的意图"（Balcom, 2006: 127），但是由于"要饭调"的韵律、节奏、润腔以及表达手法等与雁北方言密切相关，致使"方""样""上""唱"等译词偏离原歌的旋律，唱词也未完整再现歌曲中表达的山村野调。译文在尽量再现民歌的内容和功能的基础上，容忍一定程度的形式损失和风格流失。

4.《到黑夜想你没办法》英译本的接受

  《到黑夜想你没办法》目前有瑞典语、英语和法语 3 个语种的译本[①]。陶忘机的英译本出版获得了哥伦比亚大学东亚研究所理查德·W. 韦瑟海德基金会的赞助，属于哥大东亚研究所王德威编辑的 44 本文学类丛书中的一本，出版后获得了 2009 年北加州书籍翻译奖；同年还入围了美国年度翻译文学最佳奖名单。哥伦比亚大学出版社的目标读者是从事学术研究的学者和高校学生，注重书稿的学术水准和作品的文学价值导向，具有较高

[①] 2006 年瑞典大西洋出版社（Editions Atlantis）出版了马悦然翻译的瑞典文版本 *När mörkret faller trängtar mitt hjärta till dig*；2011 年巴黎加利马尔出版社出版了蒲芳莎（Franoise Bottéro）和傅杰翻译的该小说的平装本法译本 *La nuit quand tu me manques, j'peux rien faire: panorama du village des Wen: roman*。

的学术威望和影响力（马会娟，2013：64），在出版乡土小说方面经验丰富，有"专门的读稿人、审委会"（曹乃谦，2012：11）。

　　由于书评可以较为直观地反映海外专业读者和普通读者的意见，下面我们根据搜集到的资料对该小说英译本的书评情况进行分析。书评主要包括精英媒体书评、网络媒体书评及出版商撰写的书评。亚马逊英文网站有两个摘自书评的广告：美国出版界权威期刊《出版商周刊》的书评指出，该小说在极度贫困和极端需要面前审视了人性中野蛮的一面。葛浩文则指出"小说被翻译得很好。曹乃谦是一个耐人寻味、诚实、勇敢的'另一个中国'的生活记录者"[①]。哥伦比亚大学出版社在其官网所发布的书评则认为，曹乃谦的小说与福克纳的《去吧，摩西》（*Go Down Moses*）和舍伍德·安德森的《小城畸人》（*Winesburg, Ohio*）类似。这两部作品也是涉及地域文化或文学方言的短篇小说集：福克纳以虚拟的约克纳帕塔法县为背景，安德森则用美国中西部民众的口语描写普通民众的心理和行动。与曹乃谦的书名取自"要饭调"歌词类似，《去吧，摩西》取自黑人灵歌的歌名和叠句，小说中也借用黑人圣歌点明小说主题。这样的比附为英语读者提供了丰富互文指涉，有利于拉近和读者的距离，激发读者的关注和阅读兴趣。官网还引用他人评论推广该译本，例如维也纳著名学者奥赛尔弗（M. A. Orthofer）指出曹乃谦的风格简单而直接，其中有很多对话听起来很真实；原作中使用了大量的重复，这种叙事节奏被译者有效地演绎成英文[②]。匿名读者指出很多文化上的细微差别可能在翻译中消失了，但小说中表达的阶级问题却表现得清楚明了[③]。这些书评不仅评论了小说的作者和内容，也提到了文学方言的翻译质量，一定程度上会引起英语读者的关注。网络书评主要来自网络销售平台，在亚马逊网站上有英语读者评论"这家伙肯定是中国现代非常优秀的作家之一。他用当地的口语写作，读起来很真实"。也有读者称曹乃谦的这部作

[①] https://www.amazon.com/Theres-Nothing-Think-Night-Weatherhead-ebook/dp/B01HX31LXG/ref=sr_1_1?dchild=1&keywords=There%27s+Nothing+I+Can+Do+When+I+Think+of+You+Late+at+Night&qid=1614519922&sr=8-1

[②] https://www.complete-review.com/reviews/china/caon.htm

[③] https://thejohnfox.com/2009/06/cao-naiqian-theres-nothing-i-can-do-when-i-think-of-you-late-at-night/

品为"残酷丑陋的小说集";其中"有几个小故事上升到了《我弥留之际》(*As I Lay Dying*)中杜威·戴尔(Dewey Dell)的部分水平,这显示了作者的才华。"这些评论对小说和作者都颇为肯定。在世界最大图书分享社交网"读好书平台"(*Goodreads*)上,曹乃谦的英译获得了94%读者的喜欢。在亚马逊畅销书排名榜上,读者评价是3.5星(满分5星)。根据www.Worldcat.org的网站数据显示,截至2019年5月30日,共有168家图书馆收藏了本书,全球各个公立图书馆以及大学图书馆对英译本的馆藏量与读者评分说明该译本具有一定的影响力。

《到黑夜想你没办法》的英译本虽然受到评论界专业人士和普通英文读者的好评,但是由于大学出版社相对商业出版社而言资金少,报刊、书评栏目的宣传、朗读会等营销活动不多,书籍销量相应较小,很难说有很大影响。

5. 结束语

乡土语言是乡土小说的重要表现形式,对乡土语言翻译的研究顺应了中华文化"走出去"的需要。本文以曹乃谦的《到黑夜想你没办法》的英译为例,通过对小说中乡土语言翻译的考察,总结了英译乡土语言的主要翻译策略:绝对世界化译法(占53.5%)、淡化译法(13.4%)和归化译法(8.5%)。这三种译法主要使用英语读者熟悉的标准英语或俚俗语替换原作中的乡土特色,都有去方言的特征,从而使得译文无明显的方言痕迹。从周领顺(2014b:31)提出的"求真—务实"译者行为连续统评价模式看,译文虽然求真度低,未能完全保留原文中方言内在的社会含义和人物塑造功能,但是另一方面,翻译的效果务实度高,提高了译文的可读性和接受性,"英文版比中文版读起来更明了"(李涛,2015:336)。另外,由于东方主义、欧洲中心主义、中西语言文化的不同以及诗学差异,中国乡土文学在国外的接受情况并不理想。中国文学英译的阅读主体局限在大学教授、专业学生或研究者等精英知识分子内,受到大众热读的作品较少。"就目前的现状来看,除了北欧的犯罪小说,任何语言的译本都很难在英语国家成为畅销小说。"（韩斌，2017：86）可以说，乡土语言的翻译对于中国乡土小说的对外翻译和传播来说本身就是个难点。英美出版社、批评家与读者评判译作的主流标准仍是"可接受"性，译作要像原作一样透明，"读起来流畅"（Venuti, 2008: 2-5）。中国现当代乡土小说如果要进入强势的英语世界并获得英语读者的广泛接受，淡化方言特征的译法目前应该是行之有效的翻译策略，虽然这样做一定程度上削弱了小说故事的地方性与民间性。

【参考文献】

Aixelá, J. F. Culture-specific items in translation [A]. R. Alvarez & M. C. A Vidal (eds.). *Translation, Power, Subversion*. Clevedon: Multilingual Matters, 1996/2007: 52–78.

Balcom, J. Bridging the gap: Translating contemporary Chinese literature from a translators perspective [J]. *Wasafiri*, 2008, 23 (3): 19–23.

Balcom, J. Translating Modern Chinese Literature [A]. Bassnett, Bush (eds.). *The Translator as Writer*, London: Continuum, 2006: 119–134.

Cao, N. Q. *There's Nothing I Can Do When I Think of You Late at Night* [M], trans. by Balcom, J.. New York: Columbia University Press, 2009.

Pinto, R. S. Sociolinguistics and translation [A]. Y. Gambier & L. Van Doorslaer (eds.). *Handbook of Translation Studies. Vol. 3*. Amsterdam/Philadelphia: John Benjamins, 2012: 156–162.

Pym. A. On Tour's Laws of How Translators Translate [A]. G. Toury et al (eds.). *Beyond Descriptive Translation Studies*. Amsterdam/Philadelphia: Benjamins, 2008: 325–326.

Rosa, A. Assis. Translating Place: Linguistic Variation in Translation [J]. *Word and Text*, 2012, 2 (2): 75–97.

Toury G. *Descriptive Translation Studies and Beyond* [M]. Amsterdam: Benjamins, 1995.

Venuti, L. *The Scandal of Translation, Towards an Ethics of Difference* [M]. London:

Routledge, 1998.

Venuti, L. *The Translator's Invisibility: A History of Translation* [M]. London: Routledge, 2008.

曹乃谦. 到黑夜想你没办法——温家窑风景 [M]. 武汉：长江文艺出版社，2007.

曹乃谦. 曹乃谦自述人生 [M]. 长春：时代文艺出版社，2010.

曹乃谦. 温家窑风景三地书 [M]. 长沙：湖南文艺出版社，2012.

曹乃谦. 安妮的礼物 [M]. 南京：长江文艺出版社，2014.

韩斌. 多方努力，共创佳译 [A]. 孙宜学. 汉语国际教育与中外文化交流. 上海：上海三联书店，2017：86.

李涛. 抒情中国文学的现代美国之旅：汉学家视角 [A]. 上海：复旦大学出版社，2015：164.

李欣. 英语话语标记语的语用翻译研究——阐释与运用 [M]. 上海：上海大学出版社，2017：3.

刘恪. 中国现代小说语言史（1902—2012）[M]. 天津：百花文艺出版社，2013：105.

鲁迅. 中国新文学大系小说二集·导言 [M]. 天津：天津人民出版社，2009.

马国凡，马叔骏. 俗语 [M]. 呼和浩特：内蒙古人民出版社，1998：2.

马会娟. 英语世界中国现当代文学翻译 [A]. 中国翻译，2013（1）：64-69.

任东升，闫莉平. 审美视阈下乡土语言英译研究 [J]. 北京第二外国语学院学报，2017，(4)：13-28.

陶忘机. 论中国现代文学翻译 [A]. 马会娟（译）. 彼岸的声音——汉学家论中国文学翻译 [M]. 天津：南开大学出版社，2019：126.

汪宝荣. 鲁迅小说文学方言翻译批评——对七种英译本的考察 [J]. 翻译论坛，2015（2）：40-49.

汪宝荣. 试论中国现当代小说中乡土语言英译原则与策略 [J]. 山东外语教学，2016（5）：106-107.

王光东. 中国现当代文学研究（上卷）[M]. 北京：东方出版社，2011.

詹伯慧，张振兴. 汉语方言学大词典（上卷）[M]. 广州：广东教育出版社，2017.

张溥. 晋语·应州方言例释 [M]. 太原：山西经济出版社，2017.

郑夫川. 晋城方言民俗集 [M]. 太原：三晋出版社，2014.

钟敬文．民俗学概论（第二版）[M]．北京：高等教育出版社，2010．
周领顺．译者行为批评：理论框架[M]．北京：商务印书馆，2014a．
周领顺．译者行为批评：路径探索[M]．北京：商务印书馆，2014b．
周领顺．"乡土语言"翻译及其批评研究[J]．外语研究，2016（4）：78．
周领顺，杜玉．汉语"乡土语言"葛译译者行为度——"求真-务实"译者行为连续统评价模式视域[J]．上海翻译，2017（6）：21-26．
周领顺．汉语"乡土语言"英译实践批评研究前瞻[J]．解放军外国语学院学报，2018（3）：116-122．

中国文学应该由谁来译

随着我国国家战略"文化走出去"的实施，中国文学外译不论是从翻译实践还是从翻译研究两个方面都成为学界关注的焦点；同时也出现了一些关键性的问题值得我们思考：中国文学外译应该由谁来译？是中国译者、外国译者还是中外译者的合作翻译？这三种类型的文学翻译各有什么特点？如何处理好文学翻译与文化翻译之间的关系？

纵观历史上中国文化外译的主体，可以发现，主要有三种类型的译者模式：中国译者的独立翻译、外国译者的独立翻译和中外译者的合作翻译。这三种类型的翻译因译者生活的社会环境以及译者的语言能力和文化背景的不同具有不同的特点。从翻译的国际惯例来说，译者最好是译入母语。也就是说，中国文学英译的理想译者应该是英语为母语的人士。文学翻译的关键是译者译入语语言的表达能力。翻译家萧乾先生认为，翻译是三分理解，七分表达。但是，在翻译中国文学作品时，母语是英语的译者也存在着一个缺点，即他们在翻译中国文学作品中的文化内容时经常会产生理解错误，导致文化误译。这使得一些专家和学者认为，中国文学作品的翻译最好是中外译者的合作翻译。因为在合作翻译中，中国译者可以帮助外国译者更好地理解文学作品中的文化内容，而外国译者可以把好语言关，避免中式英语，保证译文语言的地道和可接受性。对于以上观点，我认为都有简单化之嫌。如果不加以澄清，对国家或出版社选择中国文学外译的合格译者会产生一定的误导作用。

下面，我们以沈复的《浮生六记》的三个英译本中的译例加以举例说明。

《浮生六记》是清末文人沈复的自传体笔记，作者以简洁朴素的语言描写了清朝末年一个普通文人的家庭生活和夫妻生活。自20世纪30年代以来就受到了我国学界的欢迎。这本传记目前有三个英译本：一个是1935年出版的林语堂的译本 *Six Chapters of a Floating Life*，一个是1960年牛津大学出版社出版的 Shirley M. Black 译本 *Chapters from A Floating Life*，还有一个是1983年企鹅出版社出版、美国人 Leonard Pratt（汉语名字为白伦）和台湾学者江素惠合作翻译的译本 *Six Records of a Floating Life*。这三个译本恰好代表了中国文学外译的三种类型：中国译者（林语堂）的翻译、外国译者（Black）的翻译和合作翻译（白伦和江素惠），可以用来说明不同类型的译者翻译的特点。因篇幅所限，仅以三个译本在传达和再现原文的文化内容、文学语言的生动形象程度两个方面进行分析。

首先，我们看一下三个译本的四位译者对中国文化内容的翻译是否准确。在卷一《闺房记乐》，作者谈到自己晚上回家时，"腹饥索饵，婢妪以枣脯进"。对于"枣脯"的翻译，三个译本的处理各有不同：林语堂的翻译是"some dried dates"，Black 的翻译是"some dates and dried meats"，而白伦和江素惠的翻译是"some dried plums"。很显然，林语堂对这个词的翻译是正确的，而 Black 的翻译出现了"dried meats"，是理解错误（将"脯"理解为"肉干"）和字字对应翻译的结果。令人奇怪的是，白伦和江素惠将"枣脯"翻译为"dried plums"（干李子），不知道两位译者当时是怎样理解的。这虽然是一个极小的例子，但是通篇细读，可以肯定的是，林语堂的译本在文化内容的翻译上要更为准确，而 Black 的译本偶尔会出现一些因字面理解而导致的文化误译（如"清风两袖"译为"the wind blowing clear through both his sleeves"）。中美译者的合作翻译除了文化误译外，主要采用了对文化因素的翻译进行文外注释的方法（对于这一翻译方法，我们后文还会谈到）。

其次，让我们看一下三个译本在文学语言的形象再现上有什么不同。文学作品之所以能够打动读者，不仅仅在于叙述的内容，更在于生动形象的文学语言的运用。还是在卷一《闺房记乐》，作者写自己深夜归家时，看到妻子灯下读书的情景:(廿四子正,余作新舅送嫁,丑末归来,业已灯残人静。悄然入室,伴妪盹于床下,芸卸妆尚未卧,)高烧银烛,低垂粉颈,不知观何书而出神若此。对于这段文字,四位译者的译文如下:

林语堂译:She was bending her beautiful white neck before the bright candles, quite absorbed reading a book.(回译:她低垂着优美、白净的脖子,在明亮的烛光下,很投入地读书)

Black 译:She was sitting, in the light from a pair of tall silver candles, with her delicate white neck bent over a book, so completely absorbed in her reading that she was unaware I had come into the room.(回译:她坐在那儿,在一对高高的银烛烛光里,低垂着优美、白净的脖子读书,她如此认真投入,没有注意到我走进卧室)

白伦和江素惠译:A candle burned brightly beside her; she was bent intently over a book, but I could not tell what it was that she was reading with such concentration.(回译:烛光在她身旁明亮地燃烧着;她在投入地读书,但是我不知道她那么认真读的是什么书)

对三个译本进行阅读比较,可以发现 Black 的译文在语言表达上要更为生动形象,在细节的再现上要更为具体丰满。汉英翻译家刘士聪教授曾高度评价过 Black 翻译的这段文字。他说:"'高烧银烛,低垂粉颈,不知观何书而出神若此'。刻画一个正在读书女子的形象,(Black 的)译文译出了同样的审美效果,句子组织匀称、意义表达清晰。尤其是状语部分,"in the light from a pair of tall silver candles, with her delicate white neck bent over a book",译得好,芸在烛光之下埋头读书的情景,知书达理女性的优雅姿态,节奏轻重缓急,高低起伏,是一个难得的好句子。画家可以根据这句话作画。"可以说,在传递文学语言的审美形象方面,外国译者的译文比中国译者的译文、合作翻译的译文更具文学性,更好地再现了原作的文学审美特征。

从以上的例子来看,在回答中国文学外译应该由谁来译这个问题时,学界流行的一些观点过于简单化了。事实上,自中国文学外译伊始至今,中国译者、外国译者和中外译者合作翻译这三种翻译模式长期以来都是客观存在的，它们都有可取之处，同时也存在着各自的问题。可以说，文学翻译的质量与译者的国别、翻译模式无关，而与译者的文学修养以及跨文化翻译能力有关。

对于任何译者来说，翻译尤其是文学翻译都是一项不完美的事业。任何译本，包括上面提到的《浮生六记》的三个英译本存在一些问题都是正常的。对于中国译者的文学外译，其译本在文学语言的形象再现上存在一些问题是在所难免的。即使是"两脚踏东西文化"、英汉双语能力都达到相当熟练程度的林语堂也不例外，因为英语毕竟不是他的母语。刘绍明在评价张爱玲的自译时，谈到中国译者在将汉语作品翻译成外语（英语）时缺乏一种能够"撒野的能力"。杨宪益先生在谈到中国文学外译期刊——《中国文学》停刊时，认为主要的原因是缺乏好的文学译者。他还说过，一个合格的中国文学英译者至少需要"阅读100本英文文学经典原著"才可以从事文学外译工作。遗憾的是，目前有一些从事中国文学外译的译者，对译入语语言的驾驭能力还有待进一步提高。

另外，这里还要指出的一点是，中国文学要成功外译还需要区分两对概念：1. 文学翻译与翻译文学；2. 文学翻译和文化翻译。首先，文学翻译不应该仅仅是将一国的文学作品（小说、诗歌、剧本）翻译成另一种语言，更应该是文学（属于翻译文学），即翻译的文学作品能够恰到好处地再现原作的文学审美特征，成为世界文学的一部分。如果说这很难实现，至少也应该成为中国文学外译的目标。其次，中国文学要成功外译，还要区分文学翻译和文化翻译。这不仅牵涉文学翻译如何再现文学作品中的文化因素的问题，还涉及文学翻译的目的问题。

下面我们仍以《浮生六记》中一个文化典故的翻译为例。作者在谈到自己不得不重操旧业时，使用了"不得已仍为冯妇"。这句话有以下两种不同的翻译：

林语堂译：I was then compelled to return to my profession as a salaried man.

白伦、江素惠译：I was obliged to be Feng Fu, and return to official

work.（附文后注释。见下文评论中的引用，笔者注）

对上面两个译文中典故的翻译，有学者曾这样评论："林语堂先生在处理这一典故时，仅将其引申意译出；而白、江二人为了让译文读者理解'冯妇'这一典故，在书后加注'Feng Fu was an apparently formidable guy of the Jin Dynasty whom Mencius says was well-known for protecting local villages from tigers. He became much respected by the local gentry when he gave up this low-class occupation in a search of a more refined life, but was later scorned by them when he went back to killing tigers at the villagers' request.'（晋人有冯妇者，善搏虎，卒为善士。则之野，有众逐虎。虎负嵎，莫之敢撄。望见冯妇，趋而迎之。冯妇攘臂下车。众皆悦之，其为士笑之。）这样一来，读者就可以很好地理解这个'冯妇'典故了。《浮生六记》之中还有很多这样的文化含义很丰富的词语，但在林译中诸如'蓬岛''沙叱利'等词，或简单音译，或融入正文中加以解释，**全书注解仅有二十多条（白、江译本有两百多条注解）**。由于相关注解的缺乏，原文的意思在译文中不可避免地受到损伤。"以上评论以具体数字"林译中……全书注解仅有二十多条，白、江译本有两百多条注解"明确表示林语堂对典故和含有文化涵义的词语处理不妥。给人的感觉似乎是注解越多，越能达到既保留原文的典故、意象等文化涵义丰富的词语，又让译文读者能够理解的目的。但是，评论者似乎忽略了一个问题，即文学翻译的目的是翻译文学，而不是文化译介，即将文学作品中的文化因素在译文中做详细、全面的介绍。

文学与文化密切相关。对文学翻译中的文化现象进行注释是正常的，但对于注释到什么程度目前学界仍有争论。德国学者霍恩比（Snell-Hornby）认为，对文化注释的程度要依据翻译的目的而定。林语堂翻译《浮生六记》，目标读者是对中国文学感兴趣的英语读者，主要目的并不是介绍中国文化。他在处理中国特有的文化词语，特别是典故时，以释义的方法或者简单地进行行文解释，比在行文中做大量的文化注释更能够恰当地叙述故事的内容。从翻译文学的文学性角度考虑，文学翻译中如果有过多的典故解释，不仅容易打断原文的叙述节奏，而且在一定程度上也破坏了读者连续阅读的兴趣。所以，在谈论文学翻译中的文化注释时，我们不能简单地以注释的多寡为标准来衡量和评价翻译文学作品。文学翻译和文化翻译有着不同的目标：文学翻译目标应该是"翻译文学"，成为世界文学的一部分；而文化翻译的目标是"译介文化"，把一国的文化介绍给译入语国家的读者。孙致礼先生认为"译者并非为所有的读者翻译，而是为可能对作品感兴趣的某个读者群翻译"。以再现文学性为根本的文学翻译与以介绍原语文化为根本的文化翻译读本，应该有不同的目标读者群。

　　中国文学应该由谁来译？答案应该是任何具有良好文学文化修养、具备跨文化适应能力的译者。文学翻译应该是翻译文学，与文化翻译的目标读者不同。中国文化走出去是一个长期的工程，不可能一蹴而就，需要国家的支持，也需要对中国文学感兴趣的译者长期的、不懈的努力。

后　记

　　本书内容是我这些年来断断续续的一点学习和写作心得。关于中国文学走出去这个话题，目前国内研究成果很多，但是总感觉还是有很多内容值得更深入的探讨和挖掘：比如早期来中国的译者如艾克敦是如何与中国学者合作翻译中国文学和戏剧作品的？国家机构工作的译者如艾黎是如何从不情愿离开自己原先的工作而从事翻译工作的？英国汉学家霍克思是如何翻译中国文化巨著《红楼梦》的？美国汉学家陶乃侃是如何翻译中国乡土语言的？还有中国译者兼双语作家如熊式一、林语堂和张爱玲又是如何克服译入外语的困难成功（或不成功）将中国文学译介到国外的？这些问题的答案是本书尝试回答的。不论回答得对还是不对，它们都是我个人的一些粗浅看法，希望能够为中国文化成功走向世界提供一点值得借鉴的意见。

　　本书的内容除了有的以论文的形式发表过外，绝大多数是第一次与读者见面，是我这两年研究的兴趣所在。其中有关艾克敦、艾黎和陶乃侃的翻译研究是我跟管兴忠、王越、邵霞三位友人合作完成的，感谢他们同意发表我们的合作成果。

　　疫情期间能够完成这部书稿，不仅仅是我个人的坚持，还得益于朋友的鼓励以及中译出版社刘瑞莲女士的认真编辑工作。感谢他们的帮助和督促使得本书能够早日与读者见面。

　　窗外海棠花盛开，正是赏花时节！

马会娟

2022 年 4 月 15 日